は白金の狐の愛にとける

清《きよ》らかな雪《ゆき》は白《はく》金《きん》の狐《きつね》の愛《あい》にとける

村《むら》崎《さき》 樹《たつる》
ILLUSTRATION：カズアキ

清らかな雪は白金の狐の愛にとける

LYNX ROMANCE

CONTENTS

清らかな雪は白金の狐の愛にとける

春の匂いがする。長い冬を終え、おっかなびっくり顔を出した植物が、天から注ぐやわらかな陽光にほっと息をつく季節だ。

家というより屋敷と表現するのがしっくりくる日本家屋で、雪華《せっか》は奥座敷を抜け縁側へ出た。障子《しょうじ》戸《ど》を開ければ、渋墨《しぶずみ》塗りの黒い板塀で囲われた中庭が姿を見せる。意図して植えた草木は少なく、風にのって飛んできた種子が我が物顔で野花を咲かせるが、この自由気ままな庭が雪華は好きだった。

白磁色《はくじいろ》の着流しをまとった雪華は、外縁に膝をついて春風に揺れる草花に目をやった。庭の手前側には、三角形のさやと白い小花を咲かせた植物が連なる。九歳になったものの雪華は同年の少年の中でも小柄で、ひょろりと細い体を包む着物は、腰元の布を大きく内側に折り込んでいた。

「ナズナか。お前はどこにでも生えるなあ。小さくて可愛いけど、少しは抜いとかなきゃすぐに庭いっぱいに広がっちゃうな」

ふふ、と微笑《ほほえ》む横顔は、一見すれば少女のようだった。雪のように白い肌と、赤く色づいた薄い唇。黒曜《こくよう》を思わせる目は可憐《かれん》な印象を抱かせる。繊細《せんさい》な造形の面差《おもざ》しもさることながら、真ん中で分けた前髪を顎《あご》の辺りに垂らし、艶《つや》やかな黒髪を肩の下までのばす様が雪華をより中性的に見せた。

江戸《えど》幕府が倒れ、年号が明治《めいじ》に変わって二十年あまり。散髪脱刀令の交付により、髷《まげ》を切り落としザンギリ頭にする男性も増えた中、雪華のような長髪の少年はなかなか目にするものではなかった。

のどかな春の庭を眺《なが》める雪華は、板塀の足もとに小さな光の球がいくつか浮かぶのに気づいた。弱々しく点滅《てんめつ》する光の球は、三つから二つに減り、とうとう一つになる。その様子を静かに見つめる雪華は、外縁に腰を落としすぐそばにある下駄《げた》を履《は》いた。まだ高さのない野草の中を、か細い光に向かってまっすぐに進んでいく。

光の袂《たもと》には弱り果てた小鳥がいた。野生の動物に致命傷を負わされたのか、老衰なのかは定かでない。けれど小鳥の上に浮かぶ命の光が、幾ばくもなく小鳥の生涯が幕を閉じることを示していた。

「不思議だな。私くらいの霊力でも命の光が見えるなんて。もしかしてお前も、私と同じようにこの庭が好きだったのか？」

消えゆく命を前にしても、雪華は同年代の子供のようにやたらと騒ぐ真似はしなかった。器《うつわ》から離れた魂《たましい》は、輪廻転生《りんねてんせい》の輪に組み込まれると雪華は知っている。せめて最期の瞬間が安らかであるようにと、雪華は袖口からのぞかせた手を顔の前で合わせた。

「天に昇る御霊《みたま》がさまようことなきよう、西南西の稲荷神《いなりしん》にお頼み申し上げる。御光のはしごを下ろし、あん……あん、ど？　安心、じゃなくて、ええっと……」

父から教わった祝詞《のりと》を唱《とな》えるも、うろ覚えのためにすぐにつかえてしまった。首を傾《かし》げて次の言葉を探していると、すぐ近くでカタ、と音が鳴った。

雪華が顔を上げれば、板塀の笠木の上に一匹の狐がいた。稲穂のような毛並みを持つ野狐とは違い、その狐は光沢のある白金の毛に包まれ、目の周りや頬《ほお》は隈取《くまど》りを思わせる紅《べに》で彩られていた。

「焔《ほむら》」

長い睫毛《まつげ》をぱちぱちと瞬《しばた》かせて、雪華は狐の名前を呼んだ。途端に狐が笠木を蹴り、庭に飛び込んでくる。危なげなく着地した瞬間、石を投げ入れた池みたいに狐の体はぐにゃりと揺れた。狐の残像はみるみるうちに、着物を身につけた人間へと形を変えていく。

少年の姿で雪華のそばに立った焔は、子供のくせに妙な色気のある垂れ目を細め、形の良い唇で弧《こ》を描いた。頭髪は白に近い明るい金で、ゆるゆると波打つ癖《くせ》がある。そこから山型の獣の耳がのぞいた。焔はただの狐ではなく、雪華の実家である八尾《はちお》家でともに暮らす妖狐《ようこ》だ。

「安寧《あんねい》、だろ」

「え？」

「安寧の場へと導きて、だろ。弔《とむら》いの祝詞」

「え、あ、そうだな」

もたつく姿を見られたのが恥ずかしい。頬を赤らめる雪華に、焔がふさふさした長い尾を機嫌良く揺らした。焔は二つ年上の十一歳だが、同い年の子と比べても目を引く長身で、しゃがんだままだと随分と見上げる格好になる。秀でた容姿に恵まれた背丈と、美男子になることが約束された風貌《ふうぼう》だ。

隣に腰を落とした焔は、雪華の華奢《きゃしゃ》な手首を取ると、するりと指をすべらせて手を握ってきた。繋《つな》いだ手を前に突き出すようにして、焔は小鳥に顔を向ける。

「一緒に唱えてやるから、俺のあとに続けてみな？　『安寧の場へと導きて』」

「あ、安寧の場へと導きて」

「『安らぎのときを与えられますよう』」

「安らぎのときを与えられますよう」

「『乞《こ》う、乞う、神の加護を』」

焔と二人で声を合わせ、旅立つ小鳥に祈りを捧げた。虫の息だった小鳥は、最後に一度体を震わせる。それからすぐに動かなくなった。小鳥の体から抜け出た魂は淡い光に包まれ、あとには亡骸《なきがら》だけが残される。

「どうする？　小鳥の体」

手から離れていく体温になんとなく惜しいような気持ちを抱き、雪華は曖昧《あいまい》に微笑んだ。

「前にネズミの骸《むくろ》を庭に埋めようとして、父上に叱られてしまったんだ。八尾の家には結界を張っているから、亡き者の体を留めるようなことはしてはいけないって」

「じゃあ俺がどっかに埋めてくるか、俺の炎で燃やすって感じになるかな。雪華はどうしたい？」

あっさり燃やすなどと言ってのけた焔に、雪華はきょとんとした。確かに妖狐は炎をあやつる妖怪だが、いつの間にそんな術《じゅつ》を身につけたのだろう。

返答に迷う雪華だが、本当にできるのかと疑う気持ちより、焔への信頼のほうが勝《まさ》った。焔が選択肢にあげたのだから、思いつきで口にしたわけではないはずだ。

「燃やしてほしい。埋めてやれなくても、この子が最後に選んだ場所で眠らせてあげたいから」
はっきりと自分の意思を告げれば、焔もこくりとうなずいた。人差し指と親指を丸めて円を作った焔は、その中心をのぞき込む。しばしの沈黙ののちに円の中へ息を吹き込むと、地面に横たわる小鳥がたちまち炎に包まれた。

庭のすみに上がった小さな火は、他の植物に移ることなく、小鳥の亡骸のみを燃やして消えた。

「わっ、わ、すごい……！」

小鳥がいた場所と焔の顔を交互に見て、雪華は歓声を漏らした。興奮を隠しきれない雪華に、焔は狐耳をピンと立て満足げに口角を上げる。

「どうやったんだ!?　焔はまだ誰からも稽古《けいこ》をつけてもらってないのに」

「ま、独学ってやつだな。雪華ばっか修行させてもらってるからさァ、俺もなんか覚えたいなーって、霊力の使い方を色々試してるうちになんとなく？」

「弔いの祝詞だって、焔は教わってなかっただろう？」

「廊下を通ったときに奥座敷から聞こえてきたんだよ。で、そっちもまァなんとなく？」

「なんとなくって……。私は全然覚えられなかったのに」

「あれは神様へのお願いっていうか、ちょっとしたまじないみたいなもんじゃん？　当主様が一回だけちょろっと教えたくらいなんだし、覚えてなくたって仕方ないって」

雪華をかばうつもりで言ったのだろうが、そのちょろっとした教え方で、焔が完璧に祝詞を暗記し

たのは事実だ。すぐ隣にいる焔を見つめ、雪華は思わず息を漏らす。感心と憧《あこが》れと、生まれ持っての実力差を感じて落胆する、複雑なため息だった。

「焔はやっぱりすごい妖狐なんだな……。頭もいいし、器用だし、私とは大違いだ」

膝頭に両手を置き、雪華はしょぼしょぼと肩を落とした。その反応に焔は一度口をつぐみ、雪華の頭に手をのせる。温かな手のひらが繊細な動きで髪を撫《な》でた。

「あの小鳥に安心して旅立ってもらうために、雪華はお祈りをしようって思ったんだろ？　うまくできなくたって小鳥は嬉しかったと思うぜ。自分の安らかな眠りを祈ってくれる人がいたんだからさ」

慰《なぐさ》める声はやわらかく、一つ一つの言葉選びに配慮してくれているのが伝わった。胸の中がじわりと温《ぬく》もって、雪華は知らず知らず曇っていた表情を和《やわ》らげる。

「……うん。最後までちゃんと言えて良かった。ありがとう、焔」

はにかみつつも素直な気持ちを口にすれば、照れが伝播《でんぱ》したのか、焔までむずがゆそうに口許を歪《ゆが》めた。気恥ずかしさを誤魔化《ごまか》すように明後日《あさって》の方向に視線を投げるものの、最終的には雪華に顔を戻し、「へへ」と笑んでみせる。ぱたぱたと左右に尾を揺らす焔に、雪華の気持ちはほころんでいく。

春の庭に穏《おだ》やかな空気が満ちる中、廊下に続く奥座敷の障子戸が開いた。金色の狐耳と尾を生やした焔の母が、足早に近づいてくる。

「あらあら、二人ともこんなところにいたのね。当主様がお呼びよ」

「当主様が？　俺も呼んでんの？」

「そう。ご依頼をされるお客様が到着されたから、術を施《ほどこ》す様子を見学していなさいとのことよ」

父からの言《こと》づけに雪華は思わず唇を結んだ。和《なご》んでいた空気がこわばり、雪華を気づかうように焔が視線をよこす。

「大丈夫。俺が一緒だから」

注がれるまなざしに迷いはない。力強い言葉に雪華はうなずき、おもむろに腰を上げた。


鶯色《うぐいすいろ》の土壁に瓦屋根《かわらやね》をのせた八尾の屋敷は、江戸時代に建てられた平屋だ。板塀で囲われた家は中部《ちゅうぶ》地方にあり、雨の少ない土地柄から、広い敷地は常に日の光を浴びた。

八尾家を含む集落は里山にほど近い位置にあるものの、街にも比較的通いやすい場所で、日中のうちに徒歩で往復できる。目の前の通りはいつもにぎやかな気配がただようのに、八尾の屋敷を訪ねてくる村人は皆無に等しく、家の中はどこか陰鬱《いんうつ》な空気が満ちていた。

父が依頼主との面談に使う座敷は玄関からすぐの位置にあるが、実際に術を施す際はさらに奥の部屋を使った。その隣には納戸があり、奥座敷とは襖《ふすま》で仕切られている。衣服や調度がしまわれた六畳の納戸で、雪華と焔は襖の前に並んで正座し、わずかに開けた隙間から座敷の様子をうかがう。

やがて父が依頼主を連れてやって来た。雪華とは正反対の厳《いか》めしい面立ちの父は、鉄紺《てっこん》の直垂《ひたたれ》と袴《はかま》をまとう。短い頭髪に白髪が交じるのと、眉間《みけん》に深く刻んだ皺《しわ》のせいで実年齢よりも老けて見えた。

あとからやって来た焔の両親が、障子戸をきっちり閉めたのち、父を挟むようにしてそばに控えた。

頭部に生えた狐耳と、量感のある尻尾はどちらも黄金色で、焰の毛色とは二人とも異なっている。

父の正面に座った依頼主は中年の男性だった。雪華たちからは後ろ姿しか確認できないが、着流しと羽織《はおり》を着た背はひどく痩《や》せ、疲弊《ひへい》して見える。

男はふところからなにかを取り出すと、肩を震わせて父に差し出した。目で認められずとも雪華はその正体をすぐに察する。標的の名が書かれた紙と、標的の頭髪、それから依頼主自身の髪の毛だ。

「呪術師様……どうか、どうかこいつを呪ってくれ……っ！」

畳に両手をついて深々と頭を下げ、男は声を振りしぼった。紙を開いて中身を確認した父は、渡されたものを畳の上に置く。父は体の横に置いた竹筒を手に取ると、水平になるように中央を握り、まっすぐに腕を突き出した。一呼吸ののち、父は重々しく口を開く。

「我が管狐《くだぎつね》たちに命ずる。かの者の怨恨の念を呪詛《じゅそ》に変え、名を記されし人間の魂と繋げよ」

地を這《は》うような低い声が響いたと思うと、焰の両親がたちどころに妖狐へ姿を変えた。その体は狼ほどもあろうかという大きさで、焰とは違い注連縄《しめなわ》に似た深紅の綱を首から提《さ》げている。竹筒を住処《すみか》とし、人間に仕える妖怪——管狐としての証《あかし》だ。

八尾家は管狐を使った呪術を生業《なりわい》としていた。占術を用いた縁談や商談への助言、失せ物捜《さが》しといった依頼から、特定の相手に呪いをかけてほしいという願いまで広く請け負う。呪いを祓《はら》ってほしいと訴える人間もいるが、それは稀《まれ》な依頼だった。呪詛を受けた相手……通称「宿主」は、大抵の場合自分を蝕《むしば》む苦しみが呪いとは気づかない。雪華は地元で名高い呪術師一家、八尾家の嫡子《ちゃくし》だった。

「ふ、二人が消えた……!?」

人型から本来の姿に変化した管狐たちに、男はびくりと背を跳ねさせた。男の目に管狐の姿は見えず、従者が突如として消え去ったように映《うつ》るらしい。管狐たちが人型を取っていたときも、狐耳と尾が生えていることには気づかなかっただろう。妖怪を視界に捕らえられるのは霊力を持つ人間だけだ。

管狐たちは前傾姿勢を取ると、見えない標的に飛びかかるように畳を蹴った。その体が空気に溶けて消える。父が導きの呪文を唱える中、しばしの間ののち二匹の管狐が戻ってきた。

黄金の毛で覆われた鼻の先で、白い靄《もや》がうごめくのが雪華には見て取れた。管狐たちが頭を下げると足元から炎が上がり、しなやかな獣の体を包んでいく。畳に置かれた紙に焔の両親が鼻先を寄せれば、瞬《またた》く間に火が燃え移り、標的の名と毛髪を燃やした。

『ア……アアァァアッ……!』

誰のものか分からない叫び声が座敷に広がり、雪華は思わず身を固くした。膝の上で拳《こぶし》を握ると、焔がすかさず手をのばし上に重ねる。ちらりと横を見れば、雪華の視線を察した焔が無言で首肯《しゅこう》した。大丈夫だから、と態度だけで伝えられ、雪華も逃げ出したい気持ちをひたすらにこらえる。

燃え上がる炎の中で、靄は墨のように黒ずんでいった。やがて火はしずまり、管狐たちが再び姿を見せる。美しい毛並みに乱れはなく、黒い靄も消え去っていた。父が竹筒を持った腕を下ろしたことで、「呪詛送り」の儀式が終了したのだと察する。

「貴殿が望まれた相手を宿主として、呪いは無事に芽吹いた。ひと月も経てば、呪詛の効能は貴殿の目から見ても明らかになるであろう」

父の言葉に、男は「ありがとうございます！」と何度も頭を下げた。人型に戻った焔の両親とともに父と依頼主が退室しても、雪華は襖を見つめたまま身動き一つできなかった。

「雪華……、平気か？」

横から気づかわしげな声がかけられ、雪華ははっとした。ぎこちなく左隣に顔を向ければ、焔が心配そうにこちらを見ている。

「少し休もうぜ。ただでさえ色が白いのに、今は倒れそうなくらい真っ青な顔になってる」

拳の上にのっていた手が背に移動し、優しくさすってくれた。それでようやく落ち着きを取り戻し、雪華は緊張をほどくように長い息を吐く。

「駄目だな、私は。父上の跡を継いで立派な呪術師にならなきゃいけないのに、いつまで経っても怖がってばかりで。……ただでさえ霊力が少ない出来損ないなのに」

半《なか》ば放心しながら雪華はぽつぽつとこぼした。八尾家の嫡男は代々高い霊力を誇るが、雪華はわずかばかりの力しか持たず、修行を始めて二年が経つのになんの成果も出ていない。

それでも幼少の頃は、父も寡黙《かもく》ながら穏やかな愛情を注いでくれたが、雪華が四歳のときに母を亡くしてからはすっかり心を凍らせてしまった。妻を失った寂しさを塗りつぶすように呪術稼業に没頭する父は、いつまで経ってもまともに霊力をあやつれない雪華に、落胆の色を隠さなくなった。

『呪いをかけられた相手は、一体どのような苦しみを味わうのですか？』

修行を始めてすぐ、雪華は師匠である父に尋ねたことがあった。感情をあまり表に出さない父は、しばしの沈黙ののち『分からない』と答えた。

『毎晩のように蛇《へび》に四肢《しし》を食いちぎられる悪夢にうなされ、心神喪失に陥《おちい》る者もいれば、実際に体のどこかが急に動かなくなったり痛みだしたりする者もいる。だが呪いがどのような形で影響を及ぼすかまでは、呪術師にも判断がつかない。あの程度の霊力を練り込めばこのくらいの苦しみが与えられるらしいと、実際に呪詛に侵《おか》された宿主を見て知るしかないのだ』

その内容を知らされた夜、雪華は布団を頭まで被り、恐怖に震えた。呪いの効果が恐ろしかったのもある。だけどそれ以上に、自分でも予想がつかない痛みや苦しみを、会ったこともない人間に術一つで与えてしまうのが怖かった。

（私が臆病だからなんだろうな。父上だって、ご先祖様だって、みんな同じ生業をしてきたのに）

血色が悪いと指摘された頬を両手で包み、雪華は情けない思いで眉を下げた。八尾家の人間が当たり前にできることに手間取り、逐一《ちくいち》戸惑ってしまうのが悲しい。

しょんぼりと肩を落とす雪華を、焔はなにも言わず見つめた。やがて雪華を体ごと引き寄せて、じゃれるように肩口に頭を擦り寄せる。癖のある髪と艶やかな狐耳が二の腕や首筋にぶつかり、雪華はたまらず身をよじった。

「わ、ちょっ……焔、くすぐったい！」

「どうだどうだ、妖狐様のぐりぐり攻撃だぞォ」

いつになく子供っぽい仕草でたわむれる焔に、雪華はふつふつと笑いが込み上げた。キャッキャッと明るい声を漏らして焔の腕を逃れると、焔がふいに目許を和らげる。

「怖がってもいいんだぜ」

一転して大人びた微笑みを見せる焔に、雪華は目を奪われた。雪華に正面を向けてあぐらを掻いた焔は、金茶の虹彩《こうさい》にやわらかな熱を灯《とも》す。

「見ず知らずの相手を呪うのが怖い……って思うのは、それだけ雪華の情が深いからだろ。俺は悪いことだとは思わない」

雪華の手を取った焔は、互いの小指を絡《から》め合わせた。それを顔先まで持ち上げると、指切りげんまんをするときみたいに軽く揺らしてみせる。

「俺が雪華の管狐になれば、竹筒を手に取って念じるだけで、いつでも雪華のもとへ飛んでいけるようになる。そしたら俺の後ろで遠慮なく怖がってくれりゃいい。雪華が目を開ける頃には、雪華を怖がらせるものなんかぜーんぶ俺が退治しといてやるからさ」

無邪気に笑い飛ばしてくれる焔の優しさが、真摯《しんし》な誓いの言葉が、雪華の胸にじわりと染み入った。花咲くような喜びが湧《わ》き上がるのに、焔の厚意を素直に受け取るわけにはいかない自分の立場に心が痛む。結局雪華は答えをはぐらかし、小さな笑みだけを返した。

修行を繰り返しても一向に呪術師としての芽が出ない雪華に対し、焔は霊力を練る方法を独学で取得し、炎を自在にあやつる技まで会得してしまった。それは賢さや器用さだけで得たものではない。

野山に生息する狐に対し、霊力を持つ狐は妖狐と称された。本来狐は気まぐれな生き物だが、人間や神々のために尽くす妖狐もいて、金狐・銀狐・黒狐・白狐……というように毛色によって種族を区別する。中でも白狐は他の種とは一線を画す霊力を誇り、人間ではなく神々に仕えるのが一般的だ。

焔は金狐の両親のもとに産まれながら、白狐と等しい霊力を持っていた。父の管狐たちの間にできた子狐は、いずれ誕生する跡継ぎの管狐とされるはずだった。しかしその子狐の毛色を見たときにすべての予定は白紙に戻ったという。

高い霊格を持つ白金の妖狐を、十二歳になった折《おり》、稲荷神の眷属《けんぞく》にする。八尾家当主である父にも、実の両親にも、焔はそのように望まれた。だからこそ稲荷神のもとへ送り出す前に余計な癖をつけないようにと、焔は管狐になるための修行を一切禁じられている。

（焔と一緒にいたいなんて……そんな我が儘《まま》、出来損ないの私が言えるはずない）

同じ屋根の下で生まれ育った焔は、雪華にとって幼なじみであり兄のような存在だった。焔と離れたくないと思いながら、霊力の少なさから劣等感に苛《さいな》まれる雪華は、本心を胸の奥に押し込めていた。

奥座敷の外縁に座り、お気に入りの中庭を前にした雪華は、深呼吸を繰り返したのちまぶたを伏せた。心を無にして意識をとがらせると、やがて暗闇の中にいくつかの光が浮かび上がる。

小さな手で光をつかみ取る自分を思い浮かべるが、川辺のホタルよりずっと数の少ないそれは、散り散りに飛び回りまるで言うことを聞かなかった。焦りを覚えながらも雪華は頭の中で必死に光を追う。ようやく一つに指先がかすめ、雪華は夢中で腕をのばした。途端にぐらりと体が揺れる。

「あっ」

心象風景の中だけでなく、いつの間にか雪華自身が前のめりになっていたらしい。体重を前方にかけ過ぎて、雪華の尻は外縁から離れ、中庭目がけて転倒した。

やわらかい草の上にうつ伏せで転がる雪華は、己の間抜けさにむなしくなる。必死で追いかけた光――雪華がわずかに持ち合わせる霊力は、練り上げることすら叶わずどこかへ隠れてしまった。

「……どうして私はこうなんだ」

草に頬をつけたまま雪華はこぼした。顔のすぐ横を黄色の蝶《ちょう》がひらひらと飛んでいく。

少し前に父と行った修業でも、雪華はやはり霊力を捕らえられなかった。奥座敷に正座した雪華は青い顔でうつむく。相変わらず成長のない息子に、正面に座る父は盛大なため息を落とした。

『髪はのばし続けろ。少しでも霊力を蓄《たくわ》えられるように』

厳しい声で端的な指示を出して、父は奥座敷から足早に立ち去る。残された雪華は畳に視線を落とし、己のふがいなさにうなだれるばかりだった。

地面に手を突いて雪華が上体を起こすと、背後から襖を引く音が聞こえた。

「中へ入れ」

つい先ほどまで思い浮かべていた父の声が、本物となって奥座敷に戻ってくる。ぎくりとした雪華の耳は、もう一人誰かが奥座敷に入ってくるのを聞き分けた。外縁に続く障子戸が開いているのに気づいたようで、父らしき足音がこちらへと近づく。雪華は思わず背を丸め、外縁の下に身を隠した。

頭上で障子戸が閉まる音がして、雪華はおもむろに中庭へ這い出た。二人は外縁に近い位置で話をしているらしく、障子の向こうから父の声が聞こえてくる。

「もう数えきれないほど言っているが、お前は管狐などで収まる霊格ではない。眷属として神に仕えるということは、妖狐にとってはこの上ない誉《ほま》れなのだぞ、焔」

耳に飛び込んできた幼なじみの名に、雪華は思わず息を飲んだ。八尾家を出て眷属になれといくら告げても、のらりくらりとかわすばかりの焔に、父はとうとう痺《しび》れを切らしたのだろう。直談判《じかだんぱん》の場に意図せず接してしまった気まずさに、雪華は眉を八の字にして視線を泳がせた。

(焔はなんと答えるのだろう。父上と二人きりの状況で問いただされたら、さすがの焔だって断りきれないんじゃないか……?)

焔は年齢のわりに妙に大人びているし、頭の回転も速いので、ふざけてはいけない場面はきちんと察するはずだ。誤魔化しきれないと悟れば、観念して父の願いを受け入れてしまうのではないか。

雪華は障子戸に目を向けることもできず、固唾《かたず》を飲んで焔の返事を待った。

「当主様にご配慮をいただきまして、心より感謝申し上げます」

沈黙の末、焔が口を開いた。子供特有のまだ高い声音《こわね》だが、口調は驚くほどに落ち着いている。

「しかしながら、わたくしは神のもとへ参るつもりはございません。わたくしが仕えたいのはたった一人、八尾家の跡継ぎであられる雪華様だけにございます」

焔の言葉には一切の迷いがなかった。二人きりで向かい合ったときの父がどれほどの威圧感を放つかは、雪華が一番よく分かっている。家長である父に刃向かえば、睨《にら》まれる程度では済まないだろう。

「俺の顔を立てろと、そう言っても聞かない気か」

案の定、父は地を抉《えぐ》るようなすごみのある声で焔をなじった。自分が責められたわけでもないのに、雪華は恐ろしさのあまり全身を硬直させる。

「申し訳ございません」

一方の焔は毅然《きぜん》とした態度を貫き、明らかに怒り心頭の父にも怯《ひる》む気配を見せなかった。重苦しい静寂が満ち、雪華の鼓動は不穏《ふおん》な乱れ方をする。これ以上焔が叱られませんようにと、雪華は顔の前で手を合わせ、ぎゅっと目をつむった。

「……雪華のことが心配なのか」

突如として自分の名を呼ばれ、雪華は飛び上がりそうになるのをすんでのところでこらえた。

「お前もよく分かっているだろうが、あいつは呪術稼業には向いていない。雪華のためにこの家に残ったところで、あいつが呪術師として依頼を引き受けられるまでになるかは怪しいところだ。そうなればお前は神に仕える機会をみすみす失ったうえ、人間の主《あるじ》すら得られずに終わるのだぞ」

父の声音は冷淡だが、才能のない息子を罵倒《ばとう》しているわけではなかった。父が述べたことは客観的に見た事実に過ぎない。だからこそその言葉は雪華の胸に深く突き刺さった。

（私が、焔の未来を奪ってしまうのか……？）

焔と一緒にいたい。だけど足枷《あしかせ》になるのは嫌だ。相反する思いで、雪華の心はぐるぐると渦《うず》を巻く。

「構いません」

思い悩む雪華とは対照的に、焔は少しもためらわずに答えた。とうとう雪華は振り返り、真っ白な障子が並ぶ戸に目をやる。どうして、と父が問うより先に心の中でこぼした。

「雪華様が……雪華が呪術師になれなかったとしても、俺はまったく気にしません。雪華が、優しくて健《けな》気《げ》な心を持ち続ける限り、俺はいつまでだってあいつに尽くし続けられる」

揺るぎない調子の声は清々《すがすが》しく、雪華は唇を薄く開け呼吸も忘れて聞き入った。強い語調で圧力をかけても決して意思を曲げない焔に、父もとうとう折れたらしい。衣擦《きぬず》れの音とともに障子の向こうで人影が動く。

「……勝手にしろ」

落胆した声でそれだけ告げると、父の気配が遠のいた。ピシャリと襖を閉める音がして、父が奥座敷を離れたと知る。短いため息が聞こえたかと思うと、目の前の障子戸が唐突に開いた。

「やっぱここにいたのか」

悪戯《いたずら》っぽく片眉を上げ焔は言った。目を丸くする雪華に、焔はおかしそうに肩を震わせる。

「狐の嗅覚を以《もっ》てすれば、雪華が屋敷のどこにいるかくらいはすぐに分かっちまうんだぜェ？」

冗談めかした調子はもうすっかりいつもの焔だ。腰を抜かしたように座り込む雪華に、焔は静かに目を細め外縁の上で屈み込む。大きな手が袖からのぞき、雪華の前に差し出された。

「おいで」

すべてを受け入れるような優しい響きに、雪華はたまらない気持ちになる。焰の手に手のひらを重ねた雪華は、力強く地を蹴りその胸に飛び込んだ。勢いあまって焰に尻餅をつかせてしまう。

「はははっ。なんだよ、元気いっぱいじゃん」

焰は軽やかな笑い声をあげるが、雪華は着流しの腰に抱きついたまま言い訳の一つも返せなかった。喉の奥にたくさんの言葉と感情がつかえて、そのどれもがうまく声にならない。まぶたの裏側が熱くなり、雪華は目を閉じてうるみかけた視界を隠す。

焰の気配がやわらかいものに変わって、雪華の頭に手のひらがのった。慈《いつく》しむように丁寧に撫でられ、雪華は下唇を噛《か》みしめる。

「しまったなァ、俺のご主人を泣かせちまった」

「……泣いていない。母上が死んだときに散々泣いたから、もう涙は流さないって決めたんだ」

ぐす、と鼻をすすりつつ反論すれば、頭上で焰が噴《ふ》き出した。いたたまれなさから雪華はふてくされるが、長い指で髪を梳《す》かれると、心地好《よ》さが勝ってどうでもよくなる。

膝に頬を寄せ、完全に身を預ける雪華を、焰は穏やかな調子で撫で続けた。

「ずっと一緒にいような」

温湯のような声音に身も心も浸《ひた》され、雪華はこくりとうなずくのが精一杯だった。焰が自分のもとからいなくなるなんて耐えられないと、雪華はこの瞬間はっきりと思った。

「誰がなんと言おうと、俺は雪華のそばを離れたりしねえよ。雪華の管狐として、この先もずっとずっと一緒にいる」

雪華の胸中を察するかのように焔は続けた。薄くまぶたを開ければ、艶やかな白金の尾が目に映る。

（焔のために、私は立派な呪術師になろう。焔が胸を張って私の隣にいてくれるように）

幼い心で決意を固め、雪華は頬をくすぐる春風に再び目を伏せた。雪華にとっての焔は、憧れの兄貴分であり、唯一無二の親友であり、欠けることなど許されない魂の片割れだった。

父の提案を焔が正式に断った件は、すぐに焔の両親へ伝わった。これにはさすがの焔もお叱りを受けたらしい。屋敷内にささくれだった空気がただよう時期もあったが、大人たちも「本人が望まないのだから仕方ない」という結論に至ったらしく、しばらくするといつもの日常が戻ってきた。

日々修業に明け暮れるうち、あっという間に木々が枯れ、色づいた葉を落とす季節となった。春よりものびた髪を首の後ろでまとめ、組紐で結んだ雪華は、竹ぼうきを手に庭掃除にいそしむ。

門扉《もんぴ》の近くで落葉をまとめていると、目の前の通りから数名の少年の声が聞こえてきた。慌《あわ》てて身を隠そうとする雪華だが、それより早く一人の少年に見つかってしまう。

「狐憑《つ》きの家のオトコオンナじゃねーか！　お前、俺と同じ年のくせになんで学校に来ないんだよ」

格子《こうし》越しに雪華へ人差し指を突き立て、少年がキンキンと高い声でとがめた。容姿をからかう呼び名に雪華は赤面し、長い髪を隠すように少年たちとは反対側に掻き寄せた。

（私だって好きで女みたいな髪にしてるんじゃない）

言い返してやりたい気持ちはあるのに、くやしさをうまく言葉にできない。わずかな霊力しか持たない劣等感から、雪華はすっかり気弱な性格に育っていた。おまけに同年代の子供と会話する機会がほとんどないため、焔以外の相手とは普通のおしゃべりですらまごついてしまう。

少し前に発令された小学校令により、満六歳となった子供は尋常《じんじょう》小学校へ通うことが義務づけられたが、家事の手伝いを理由に学校へ行けない者も多くいた。雪華もその一人で、将来は呪術師として家業を継ぐと決まっているため、小学校就学については父との間で話題にも上らなかった。

「草太《そうた》、放っとけって。狐憑きとは関わらないようにしろって大人から言われてんだろ」

他の子供たちは草太と呼ばれた少年の腕を慌てて引いた。狐憑きというのは管狐を扱う呪術師の蔑《べっ》称《しょう》だ。白狐や金狐が人間に幸福をもたらす善狐だとしても、妖狐本来の気まぐれさから、些細なきっかけで悪狐に堕《お》ちる可能性も皆無ではない。触らぬ神に祟《たた》りなしと、村民は子供たちにも八尾家と距離を置くよう言い聞かせていた。

唯一声をかけてくるのが近所に住む草太だが、雪華の容姿を冷やかす発言ばかりで、友人などと呼べる存在ではない。雪華は両手で竹ぼうきにすがり、心許ない思いで嵐が過ぎるのを待った。

そのとき、渋墨塗りの板塀の上を勢い良く駆けてくる気配があった。雪華が顔を上げれば、しなやかな身を持つ白金の狐が、門扉の外へ飛び出していく。着地した瞬間、狐は少年の姿に身を変えた。

「お前ら、俺のご主人になにしてくれてんだァ？」

雪華を隠すように、焔は門扉の前に仁王立ちした。ふざけた調子にも聞こえるが、声には隠しきれない威圧感がにじむ。突如として目の前に現れた焔に、草太たちは鞠《まり》のように体を跳ねさせた。

「うわああっ、で……出たな狐男！」

妖狐の姿はもちろん、狐耳や腰元から生える尾は彼らには見えていない。だが八尾家に住む明るい金髪の少年が狐であることは、近隣住民にとって周知の事実だった。

二の腕を中指でとんとんと叩いた焔は、草太をまっすぐに見すえたのち大きく踏み込んだ。長身の焔にせまられるのはなかなかの迫力らしく、草太が思わずといった様子で後ずさる。

「雪華をいじめてタダで済むと思うなよ。お前らまとめて……」

「……ま、まとめて？」

その剣幕に圧倒され、草太たちがごくりと喉を鳴らすのが分かった。

「尻《しり》子《こ》玉《だま》引きちぎって食ってやろうか！」

焔は丸めた両手を熊のように振り上げ、草太たちをおどかした。そんなわざとらしい動作にも彼らは「ぎゃーっ!!」と悲鳴をあげ、一目散に逃げ出す。

雪華がぽかんとする中、焔は門扉の中へ入りすぐ横に並んだ。一仕事終えたとばかりにすました顔をする焔だが、むずがゆさをこらえるみたいに口許が歪む。我慢は長く続かず、一拍ののち焔は「ぶはっ」と噴き出した。

「あいつら、すげえ逃げ足の速さだったな」

脱兎《だっと》のごとく、という表現がよく似合う姿がよほどおかしかったらしい。腹を抱える焔に、雪華もじわじわとおかしさが込み上げて肩を震わせる。

「尻子玉って。それは河童《かっぱ》じゃないか」

「だってあいつらの体で食べたい部分なんて思いつかなかったんだもんよ。固そうだし不味《まず》そうだし？　でもとりあえずなんかおどしとかなきゃって思って、他の奴の好物を言ってみた」

「河童だって最近はもっと良いものを食べてるかも。西洋から伝わったごちそうとか」

「嘘だろォ、キュウリさえありゃ他はなにもいらないってうっとりするような奴《やつ》らだぜェ？」

舌を出しておどける焔に、雪華はけたけたと声を出して笑った。その様子に、焔が安堵したように目許をほころばせる。

「嫌な思いや怖い思いをしたときはすぐに俺を呼べよ？　雪華の声だったら、たとえ山を三つ越えたところにいたって絶対に聞き逃したりしないからさ」

慣れた様子で頭を撫でてきた焔は、首を傾げて雪華の顔をのぞき込んだ。子供らしく冗談を言っていたときとは随分と違う印象の微笑みが、すぐ近くにある。その事実に雪華の胸はドキドキと騒いだ。

内心の戸惑いが賢い焔に伝わらないよう、雪華は慌ててうつむく。

（私は一体どうしてしまったんだ……？　焔と一緒にいるときが一番安心するのに、最近はなんだか

そわそわもする）

　雪華以外に仕える気はないと焔が宣言した日から、雪華の体はおかしくなってしまった。焔と一緒にいるとひだまりの中に立っているかのように胸がぽかぽかするのに、同時に奇妙な緊張も覚える。手を握ったり頭を撫でられたりといった、今まで当たり前にしてきた触れ合いで、沸騰《ふっとう》するのではと思うほど体が熱くなった。

（でも……恥ずかしいからといって、お礼もちゃんと言わずにいるのは嫌だな）

　口下手な自覚があるからこそ、伝えなくてはならない言葉まで飲み込んでしまわないようにと、雪華はいつも心に留めていた。よし、と小さくうなずき、焔の着物に手をのばし袂を軽くつまむ。

「助けに来てくれてありがとう。俺のご主人、って言ってくれたのも嬉しかった。焔にとって自慢のご主人になれるように、いっぱい頑張るから」

　いまだ心臓が騒ぐ中、雪華は精一杯の明るい笑顔で言った。いつもと同じ軽い調子で「おお、頑張れよ」と返されるかと思いきや、視線を上げた先で、焔は虚《きょ》をつかれたみたいに目を見開いている。その反応の意味が分からず雪華は目を瞬いた。

　焔は首の後ろに手を当てる格好でしばし口を閉ざし、誤魔化すように咳払いをした。

「ええと……じゃあほら、さっそく修行を始めようぜ。そろそろ当主様も帰ってくる頃だろ」

「え？　予定ではまだしばらくは帰ってこないはずだけど……」

「あっ、そ、そうだっけ？　まァいいだろ、雪華と一緒に修行できるの、俺は嬉しいし」

柄にもなくあたふたと焦りをにじませ、焔は半ば強引に雪華の手を取った。「行こう」と声をかけられれば雪華も拒む理由はない。焔もようやく修行が許されたため、二人で同じ目標に向かえるのが雪華は嬉しかった。無論焔は教わるまでもなく、霊力の基礎的な扱い方はすでに身につけていたが。

焔に手を引かれるまま、雪華は白金の尾が揺れる後ろ姿について行った。このままなに一つ変わらず、幸せな日々を過ごしていけたらいいと願いながら。


そんな毎日に突然の変化が起こったのは、雪華が十二歳、焔が十四歳となった初夏のことだった。

広間に呼ばれた雪華と焔は、父と焔の両親が同席する中、一人の少女を紹介された。藤黄《とうおう》の髪を編み朱色の組紐でまとめた彼女は、頭髪と同色の狐耳を持つ。深緑の地に白い花があしらわれた振り袖に、艶のある尾がよく映えた。まなじりのとがった目が狐らしい、利発そうな印象の美しい娘だ。

「お初にお目にかかります。焔様の許嫁《いいなずけ》として八尾家に入ることになりました、鈴蘭《すずらん》と申します」

金狐の鈴蘭は膝の前で指をそろえ、丁寧な所作《しょさ》でお辞儀《じぎ》をした。年齢は焔と同じ十四歳と聞くが、のんびりした調子の焔とは違い随分しっかりしている。雪華と焔は無言で視線をかわした。

「前々から説明していたとおり、管狐は夫婦がそろった状態で契約するしきたりとなっている。焔が管狐になるのを望むなら、当然そのしきたりに従ってもらわなくてはならない」

鈴蘭の隣で父が淡々と語った。雪華が呪術師となり、管狐になった焔と契約すれば生涯一緒にいられる。その点にばかり着目し、焔が嫁をめとる必要があることを雪華はすっかり失念していた。

「二年後には焔と鈴蘭の祝言を行う」

父が端的に告げる中、鈴蘭は再び深く頭を下げる。

「雪華様に仕える身として、焔様の妻として、精一杯努めてまいります。不束者《ふつつかもの》ではございますが、何卒《なにとぞ》よろしくお願いいたします」

一分の隙も見られない完璧な挨拶《あいさつ》に、雪華と焔はただただ圧倒された。気心の知れた幼なじみとのみ過ごしてきた雪華と焔は、優等生然とした新顔にたじろぐばかりだった。

屋敷の案内を焔の母に任せ、雪華と焔は早々に、中庭に面した奥座敷へ移動した。二人並んで縁側に立ち、茜色《あかねいろ》に染まる空を見上げる。

「祝言なァ……。俺が所帯を持つなんて、正直全然実感が湧かねえ」

堅苦しい挨拶に疲れたのか、焔は肩を手で揉《も》みながら盛大なため息を落とした。雪華はというと、胸に湧いたざわめきに戸惑い、苦笑でお茶を濁《にご》すしかない。

許嫁、祝言、夫婦。焔と鈴蘭の関係やそれに向けての行事が、雪華もまた想像がつかなかった。つかないというより、したくないと言うほうが正しいかもしれない。焔の隣に並ぶのが自分ではなくなるのだと思うと、霧《きり》に覆われた森に置き去りにされたような、言いようのない焦りと不安に苛まれる。

(焔は兄のような存在なのだから、誰よりも私が祝わなくてはならないのに)

暗雲が立ち込める心を悟られないよう、雪華は右手で左の袖を握り、慎重に呼吸を整えた。曇りそうになる顔に無理やり笑みを浮かべる。

「綺麗な子じゃないか。おしとやかそうだし、しっかりしていて、きっと良いお嫁さんになる」

「ええ？　そうかァ？」

必死に取り繕《つくろ》う雪華だが、焔は納得できないとばかりに語尾を上げた。

「あんな生真面目で静かそうなのと一緒にいたら息がつまりそうだし、雪華との時間を邪魔されんのはごめんだし、それに綺麗だっていうなら俺は、」

　よほど雪華の発言が受け入れがたいのか、焔はベラベラとまくし立てた。流れるようになにかを言おうとして、はっとした様子で唐突に言葉を切る。焔は狼狽《ろうばい》を露《あら》わにして視線をさまよわせたのち、目許をじわりと赤く染めた。

「……俺は、雪華のほうが、綺麗……だと思う」

　いつもの流暢《りゅうちょう》な弁舌とは似ても似つかない、訥々《とつとつ》とした物言いで焔は語った。けれどその台詞《せりふ》は口の中でほどける砂糖菓子のように、雪華の鼓膜《こまく》へ甘く溶けていく。

　風がやんで沈黙が落ちれば、むずがゆい空気が生まれた。焔は居心地の悪さを振り払うように、荒い手つきで後頭部を掻く。

「なんか、……なんか変なこと言った。……夕飯の時間までちょっと散歩してくる」

　言い終わるより早く焔は狐の姿に変わり、勢い良く飛び跳ねて板塀を越えた。焔が消えた空《くう》を見つめ、雪華はずるずるとその場にしゃがみ込む。たった一言の短い褒《ほ》め言葉に心が沸《わ》いて、うまく立っていられなかった。そんな風になってしまう自分の体を、雪華はやはり「おかしい」と思った。

雪華と焔を混乱の渦に落とした鈴蘭だが、焔が懸念《けねん》した「あんな生真面目で静かそうなのと一緒にいたら息がつまりそう」……という点だけは、存外早く解決した。

「おいオトコオンナ。たまには外にも出てこいよ。魚がよく捕れる川に連れてってやる」

庭掃除に励む雪華に、草太が門扉の外からこりずに声をかけてきた。雪華は相変わらず竹ぼうきを手に怯むばかりだが、体が大きくなれば心のほうにも多少の変化は出てくる。わななく唇を薄く開き、雪華は必死に声をしぼり出した。

「わ……私など放っとけばいい。周りにもそう言われてるだろ」

思いがけない反撃に驚いたのか、格子の向こうで草太が目をみはった。うろたえた様子で目を泳がせるも、突き放すような物言いが気に食わなかったのか、鼻息荒く門扉に近づいてくる。

「なんだよ、せっかく誘ってやってんのに！」

「ふっ、不要だと言ってる……っ」

「大体そうやって下向いてばっかで！　ちゃんとこっちを見たらどうだ！」

草太の言動はぶしつけで棘《とげ》があり、わずかばかりの勇気を奮い立たせた雪華の心を簡単に折ってしまう。嵐が過ぎるのを待つだけの自分に逆戻りし、雪華がぎゅっと目をつむると、板塀を駆ける足音がした。顔を上げれば、藤黄の毛を持つ狐が敷地の外へ飛び降りる。

少女の姿で草太の背後に着地したのは、般若《はんにゃ》の形相《ぎょうそう》で睨み上げる鈴蘭だった。

「またあんたね！　まったく、毎度毎度うるさいのよ、八尾家の前で！」

「ひえっ、狐女！」

「そうよ、いずれ雪華の管狐になる妖狐！　あんたね、うちのご主人を怖がらせてると……」

　鈴蘭は目を見開き、背筋が凍るほどの迫力を持って草太にせまった。思わず後ずさりした草太は、門扉に逃げ場を奪われ格子にすがる。

「なななななんだよ。また尻児玉がどうとか言うのか？」

　さすがにもう子供騙《だま》しの脅し文句は効かないようで、草太は必死で鈴蘭に噛みつこうとした。そんな草太に鈴蘭は余裕綽々《しゃくしゃく》の笑みで近寄り、顎先を細い指でツーッとなぞる。

「あんたの大事な部分を、自慢の爪でぐしゃぐしゃに引き裂いてあげるわ」

　花街でも通用しそうな艶めいた声で、鈴蘭は身の毛もよだつ台詞を吐いた。これにはさすがの草太も悲鳴をあげ、一目散に逃げていった。呆気《あっけ》に取られる雪華のもとへ鈴蘭がやってくる。

「あ、ありがとう鈴ら……」

　雪華は安堵の息を漏らしかけるが、直後に尻を平手で叩かれた。パンッと小気味良い音が響く。

「いっ……！」

「雪華も雪華でしょう。許せないことや言いたいことがあるならちゃんと主張しなさい！」

　おしとやかで生真面目な美少女、という鈴蘭の最初の印象は、今やすっかり気の強い姉御肌に変わっていた。痛みと衝撃で背筋をのばす雪華に、鈴蘭は眉尻を下げ困ったような笑みを見せる。

「それにね、雪華。わたしはあの子の言うことも一理あると思う。あなたはいつも自信なさげにうつむいてばかりだわ」

静かにたしなめる鈴蘭に、雪華はなにも言い返せなかった。言われたそばから下を向きそうになり、慌てて視線を上げる。

「持って生まれた霊力が少なくとも、決して投げ出さず努力し続ける勤勉さが雪華の良いところよ。長い髪だって雪華のひたむきさの証でしょう？　胸を張って、前を向いて。努力する雪華は美しいわ」

母が子をあやすように、雪華の背をさすりながら鈴蘭は続けた。ただ守るばかりでなく、どんな困難にも雪華自身が立ち向かえるようにと、鈴蘭は言葉を尽くしてくれる。鈴蘭の思いやりと深い愛情が伝わって、雪華もようやく表情をゆるめた。

「ありがとう。鈴蘭が来てから、私は鈴蘭に助けられてばかりだ」

感謝の意を素直に伝えれば、鈴蘭は整った顔を幼子みたいに崩し、歯をのぞかせて笑う。

「雪華は良い子ね。焔と一緒にあなたの管狐になったら、わたしたちが必ず力になるから」

澄んだ声で明るく告げ、鈴蘭は屋敷へ戻って行った。その背を見送る雪華は、自分が奥歯を強く噛みしめていることに気づく。まるで内心の動揺を決して漏らすまいとするように。

芯の強さと優しさを持ち合わせた鈴蘭は、八尾家の住人とも積極的に距離をつめた。雪華にとっても彼女の快闊《かいかつ》な性格が好ましく、鈴蘭を姉のように慕《した》い始めるまで時間はかからなかった。けれど時折、ありふれた日常の一瞬が……たとえば先ほど鈴蘭が焔の名を口にしたときのような一場面が、魚の小骨が喉に刺さったみたいに小さな憂鬱《ゆううつ》を生み出す。

（焔を盗られるんじゃないかと心配してるのか？　鈴蘭はあんなに良くしてくれるのに……。自分がこんなに我が儘な奴だとは知らなかった）

鈴蘭は八尾家に早くなじめるよう努めながらも、雪華と焔の間に強引に割り込む真似はしなかった。この上なく雪華に心を砕いてくれているのが分かるのに、自分は一体なにが不満なのか。

わだかまる感情を抱えながらも季節は巡り、鈴蘭が来てからあっと言う間に二年近くが経過した。

村内の桜の木が花を散らし始めたある日。焔と鈴蘭が管狐夫妻を師に座学に励む間、雪華は一人奥座敷へ向かった。きょろきょろと周囲を見回し、障子戸に手をかけ音を立てないようそっと開く。

午後の日差しが差し込む奥座敷の中央に、一架の衣桁《いこう》がたたずんでいた。そこには燦然《さんぜん》と輝く純白の打掛《うちかけ》がかけられている。五日後の祝言で、鈴蘭が身にまとう白無垢《しろむく》だ。

（私には縁のない衣装だ……）

無意識に浮かんだ考えに、雪華は誰に見られるでもないのに慌てふためいた。女になりたいと願ったことは一度もない。むしろからかいの対象となる中性的な容姿を忌々《いまいま》しく感じているのに。

（鈴蘭にはきっとよく似合うだろう。黒の羽織袴を着た焔の隣に並べば、互いを引き立て合ってより美しく見えるに違いない）

真っ白な生地に思い描くのは幸福な光景のはずだった。それなのに焔の隣に妻として並ぶ鈴蘭を想像すると、雪華の胸は張り裂けそうになる。

兄のような存在である焔と、姉のように慕う鈴蘭。二人の婚姻を一番に喜ぶべきなのは自分だと、そうでなければならないと、雪華は二年間自分に言い聞かせてきた。

けれど祝言の準備が着々と進むにつれ、雪華の心は底の見えない沼に深く沈み込んでいく。どうしてそんな風に感じるのか、自分でも理解できないのが苦しかった。

奥座敷をあとにした雪華は足早に来た道を戻った。外の空気を吸って冷静になろう、と玄関から外へ出ると、すぐ近くから近隣住民の話し声が聞こえてくる。大人たちの気配は焦りをはらむが、小声であるため内容までは分からなかった。

(珍しいな。普段はうちの屋敷のそばで足を止める人なんていないのに)

門扉へ向かった雪華は、板塀の外を確認するべく通りへ顔をのぞかせた。それと同時に、すぐ横から「あ」と声があがる。

門扉のそばにいたのは、生成《きな》りの着物に老竹色《おいたけいろ》の袴をまとう草太だった。いつの間にか雪華よりも随分目線が高くなった草太は、面差しに精悍《せいかん》な雰囲気をただよわせるようになった。

「お、おい、待て。お前に話があって来たんだ」

反射的に敷地内へ戻ろうとする雪華を、草太が慌てて引き留めた。雪華と同じく十四歳になった草太は、以前よりもどことなく遠慮がちに感じられる。逡巡《しゅんじゅん》のち雪華は再び門扉の外へ踏み出した。

「話とはなんだ?」

雪華が正面を向けると、自分から声をかけたくせに草太はうろたえた。視線をそらし、唇を結んでしばし黙り込んだのち、一つ咳払いをしてこちらに顔を戻す。

「七歳の男の子が今朝から姿をくらませてる。遊んでくると言って家を出たきり昼になっても戻らず、今大人たちが泡を食って捜してるとこだ。お前、なにか知ってることあるか？」

整然とした説明に、だから外が騒がしかったのかと納得した。雪華は懸命に記憶を掘り起こすものの、思い当たる節はなく首を横に振るしかない。

「分からないな……、今日は一日家を出ていないから」

子の行方が分からないとなれば、親はさぞかし心配だろう。なにか役に立てないかと思案した雪華は、ふと思い立って顔を上げる。

「父とその管狐たちが朝から街へ出ていたはずだ。もう帰宅しているから、ここで待っていてくれたら私が話を聞いてこよう」

狐は優れた嗅覚や聴覚を持つため、街へ向かう道中にでも、普通の人間であれば見逃しがちな異変に気づいたかもしれない。良案だと思い雪華は身をひるがえすが、後ろからのびてきた手に袂をつかまれた。草太はすばやく周囲を見回し、雪華に耳打ちする。

「実はお前んとこの狐に疑いがかかってる」

「え？」

「行方知れずになった子の家の裏で、狐によく似た獣の足跡が見つかったんだ。そのそばに子供の足跡もあったから、狐に拐《かどわ》かされたんじゃないかって」

告げられた話に雪華は唖然《あぜん》としたが、次第に腹の底から怒りが込み上げてきた。

「う、うちの狐たちはそんなことしない！」

「ああ、俺もお前んちが原因じゃないと思ってる。村の子供をさらったところでなんの得もないからな。ただ散々捜し回っても手がかり一つ見つけられないから、みんなもう焦っちまってんだ」

声を荒げた雪華に草太は意外にも同意した。だが草太一人が信じてくれたところで、村民の疑いが消えるわけではない。拐かしを疑われているのは管狐たちだけではなく、妖狐である焔もまた疑惑の対象なのだろう。そう思うと、握った拳がくやしさで震えた。

「良かったら俺と一緒に来てもらえないか。本当にお前んとこの狐なのか、獣の足跡を確認しよう」

慎重に言葉を選び草太は続けた。思いがけない提案に雪華は戸惑う。外出する際は常に父や管狐たちがつきそうため、一人で屋敷を離れた経験はない。少女のように髪をのばした容姿で人前に出れば、きっと奇異の目で見られるだろう。

だが根も葉もない噂《うわさ》によって、焔に悪評を立てられていると思うと我慢がならなかった。なんとしてでも焔の無実を証明したい。その思いが雪華を奮い立たせる。

「行方知れずとなった子の家まで私を連れて行ってくれ」

凛《りん》としたまなざしを返す雪華に、草太も「任せろ」と力強くうなずいた。

二人は人目を避けながら件《くだん》の家を目指した。茅葺《かやぶ》き屋根の小さな民家には数名の村民が集まっていたが、草太が彼らの気を引き雪華が裏手に回り込む隙を作ってくれる。

軒先にしゃがみ込んで調べると、乾いた泥の上に獣と子供の足跡が確認できた。明け方に一雨降ったと聞くので、ぬかるんだ部分に跡が残ったのだろう。四本指の足跡は確かに狐のものに見えなくもないが、指の長さと肉球の大きさから考えれば、犬のもののほうが近いように思える。

地面に手のひらをかざし意識を集中させれば、わずかながら霊気も感じられた。

（ただの獣ではなく妖怪の類《たぐ》いなら、会話に応じてくれるかもしれない）

自宅の裏を山犬が通るのを目にした男児が、好奇心に突き動かされあとを追った可能性もある。合流した草太に事情を説明し、霊気をたどりながら二人で山へ入った。

いつの間にか太陽は西へ傾き、青かった空に赤みが混じり始めた。日中は麗《うら》らかな陽光が差す春の山も、夜になればぐっと冷え込む。草木がしげる獣道を雪華と草太は黙々と進んだ。

「犬の妖怪である狗神《いぬがみ》なら、その声が聞き取れる人間でないと相手にならない。どんな気性かは会ってみないと分からないから、下手に狗神の気分を損ねないようおとなしくしていてくれ」

鬱蒼《うっそう》と生える草を掻き分けながら雪華が忠告すると、隣を歩く草太が勢い良くこちらに顔を向けた。

「一人で妖怪の相手をするなんて、おっ、オトコオンナはそれで大丈夫なのかよ!?」

とっさに昔の呼び名が口をついて出たのだろう。雪華はムッとして黙り込むが、言いたいことはきちんと相手に伝えるように、という鈴蘭の台詞が頭をよぎった。

「……そのオトコオンナっていうの、やめてもらえないか。呼ばれて気分の良いものじゃない」

悩んだ末に雪華は口を開き、幼少期からの不満をはっきりと声にした。機嫌を損ねるかとひやひやしたが、草太は口を半開きにしたのち、弱った様子で眉を下げる。

「悪かった。何度声をかけても無視されて、唯一お前が反応したのがその呼び方だったから、つい癖にしちまった」

素直に謝罪されたことに驚き、雪華は新鮮な気持ちで草太を見つめた。苦手意識が先走り、今まで草太とはまともに話してこなかったが、決して悪い奴ではないらしい。思えば村民が八尾家と距離を置く中、雪華に声をかけ続けてきたのは草太だけだった。

「雪華と呼んでほしい。私も草太と呼ぶから」

自ら相手と距離をつめるのは勇気が要るし照れくさい。口許をほころばせてはにかむ雪華に、草太は目を丸くしたのち茹《ゆ》でられたかのように赤面した。なにもないところで転びそうになるほど動揺する草太に、雪華は首を傾げる。

やがて雪華たちは狗神のもとへたどり着いた。不安を抱きつつ面会した狗神は、狼に似た見た目に反しおおらかな性格の妖怪だった。

『そういや集落を通った際に小さいのがついて来たな。山に入っても熱心にあとを追ってきたが、住処を知られるのは厄介《やっかい》だから途中でまいてきたんだ。近くまで連れて行ってやるから捜してごらん』

と、男児について尋ねられた狗神は案内を申し出てくれた。大体の場所を教えて狗神が立ち去ったあと、草太が大声で男児の名を呼ぶと、どこからか半泣きの応答が返ってきた。

声を頼りに二人で捜し回った末、地すべりを起こして崖地となった場所で男児を見つけた。足元が崩れかけていることに気づかずすべり落ちてしまったらしい。傾斜が急なうえ、雪華たちがいる場所と男児がいる場所では十尺近い高低差がある。

「あの子に登らせるなんてとてもできないな」

「俺たちの身長を合わせたくらいの高さだもんな……。俺らだって落ちれば自力では戻ってこれないだろうよ」

　雪華と草太は腕組みしてうなった。解決方法を求め周囲を見渡した雪華は、草太の近くに立つ木に目を留める。地すべりによって足元の一部を失った木は、土から太い根が何本か飛び出していた。

　二人で話し合った結果、木の根を手がかりに草太が斜面に身をのり出し、その手に雪華がつかまって崖下に腕をのばすことにした。予測どおり二人で手を繋ぐとちょうど男児に届く長さとなる。男児も懸命に腕を突き上げ、雪華の手がようやく彼を捕らえた。

「えらいぞ。すぐに引き上げてやるからな」

　すでに散々泣いたのだろう。男児は土で汚れた頬に涙の跡を残すが、雪華の励ましにしっかりとうなずいた。雪華の腕を頼りに必死に斜面を登った男児は、草太の肩に足をかけ無事に上までたどり着いた。雪華も同様に草太の腕を綱代わりにして登り、最後に草太を引き上げる……はずだった。

　しかし、もろくなった土に足をすべらせた雪華は、男児がいた場所まで一気に転げ落ちてしまう。

「雪華！」

　血相を変えて草太が名前を呼ぶが、雪華は尻餅をついた状態で「来るな！」と叫んだ。

「草太まで落ちてしまってはその子を村に届けられない！　まずは村に帰って、誰か助けを呼んで来てくれないか」

雪華の提案に草太は悩むが、やがて苦しげに首肯した。斜面を登りきったのち雪華に声をかける。

「絶対に助けるから少しだけ待ってろよ！」

力強い宣言を辺り一帯に響かせ、草太は男児とともに視界から消えた。足音が遠のき、夕刻の山に静寂が満ちる。斜面を背に座り直した雪華は、手のひらや足など体の具合を確認した。

（怪我《けが》は特にしていない。体調も悪くない。大丈夫……、きっとすぐに助けが来てくれる）

胸に手を当てて自分に言い聞かせ、雪華は不安に飲まれそうな心を懸命に保つ。風を裂いて駆ける音が耳に届いたのは、日がとっぷりと暮れ、山が夜に沈みかけた頃だった。

明らかに人間ではない気配に雪華が身構えると、頭上からなにか大きなものが飛び降りてきた。雪華の前に四つ足で立ったのは、白金の毛を持つ妖狐だった。

「焔！」

雪華が安堵の声をあげる中、焔が人間の姿に身を変える。てっきりまたいつものように揶揄《やゆ》されるのだと思った。「なにやってんだよ」と笑って、大きな手で頭を撫でてくるのだろうと。

けれど無言で雪華に近寄る焔は、いつになくこわばった表情をしていた。冬の池に落ちた直後みたいに、蒼白な顔を見せる焔に雪華はぎくりとする。

「怪我は？　具合は？　山の獣に怖い目に遭《あ》わされたとか、そういうのは？」

雪華の前に屈み、焔が問いを重ねた。左右の二の腕に置かれた手は小刻みに震えている。

「平気だ、なんともない。焔がすぐに助けに来てくれたか……っ」

焔を安心させるべく雪華は明るく返したが、すべて言いきる前に正面から引き寄せられた。焔の胸に倒れ込む形できつく抱きしめられる。

「良かった……良かった、雪華……ッ」

顔のすぐ横で焔が声をかすれさせた。山に一人残った雪華よりもずっと悲壮で痛ましい声音。焔がどれほど自分を心配したのかを察し、雪華は胸をつまらせた。それと同時に、安堵や申し訳なさとは別種の気持ちが雪華の中であふれる。

全身を包む焔の体温に、苦しいほどに強く巻きついてくる腕。焔に密着した胸では、心臓が正しい拍打ちの方法を忘れたように暴れ狂っていた。恥ずかしい。でも嬉しくて、離れたいのに離してほしくない。

「あいつが屋敷を訪ねてきて、雪華を山に置いてきたって言ったとき……怒りでどうにかなりそうだった。……目の前で妖狐になって、俺の爪と牙で八つ裂きにしてやろうかと思った」

耳をかすめる声は熱と怒気をはらんでいる。背に焔の指が食い込んで、雪華は小さく息を漏らした。

「そうするように私が頼んだんだ。迷子になっていた子が無事に家に帰れて良かった」

焔の剣幕に気圧《けお》されつつも、雪華は努めて穏やかな声を出した。雪華が動揺を見せれば焔はますます草太に対し憤《いきどお》るだろうし、なにより焔の苦しげな様子を目にするのがつらかった。

幾分か落ち着いてきたのか、焔がゆっくりと身を離した。外気にさらされて冷えた雪華の頬を両手で包み、親指の腹でそろりと肌を撫でる。労《いたわ》るような優しい仕草に、触れられた箇所から溶けてしまいそうだ、と雪華は思った。弟のように可愛がってくれるのは昔からなのに、どうして焔の一挙一動で、こんなにも心が揺さぶられるのだろう。

視線が絡んだのは一瞬だった。焔は瞬きののちに目をそらすと、ぎこちない動きで手を下ろす。

「狐の姿になるから背中にのってけよ。妖狐の脚力なら家まであっという間だ」

二人きりの時間を終えようとする焔に、雪華は名状しがたい焦燥《しょうそう》を覚えた。自分の体を気づかうからこその発言だとは分かっている。だけど屋敷に戻れば焔はもう、先ほどみたいな切迫感のにじむ抱《ほう》擁《よう》はしないだろう。近い距離で見つめ合い、頬に触れることもなくなるのだろう。……鈴蘭の許嫁に、戻ってしまうのだろう。

頭の中で並べ立てたいくつもの事柄が、雪華の胸をじりじりとあぶる。雪華は耐えきれず焔の着物の袂を握りしめた。

「あと少しだけ、焔を独り占めしたい……」

唇からこぼれ落ちた台詞は切なく震え、雪華は我知らず息を飲んだ。構ってもらいたい弟分の、子供じみた願望。そう片づけてしまうには、あまりにも自分の心は欲にまみれている。焔以外の誰にも感じたことのない、唯一無二の欲望だ。

雪華の発言をどう受け取ったのか、焔は戸惑った様子で瞳を揺らした。けれど一拍の間ののち、必死にすがる雪華の手をそっと握り返す。

「……山桜が綺麗に咲いてる場所があるから、花見でもしながら帰るか」

決して理由を問いただしたりしない焔の優しさが、弱った心に染みていく。雪華はこくこくとうなずくのが精一杯だった。

夕刻の冷え込みですっかり体が固まっていた雪華は、立ち上がった瞬間に足元がふらついた。それを焔はひどく心配して、問題ないと言っても「俺が雪華を背負って行く」と聞かない。結局、雪華もおとなしく甘えることにした。

焔の背に身を預けて山を下れば、幼少期の記憶がよみがえる。

（昔はよくこうやって、転んで怪我をした私を背負ってくれたな）

焔のうなじに額《ひたい》を寄せ、雪華はまぶたを伏せた。そうすると、焔が草を踏み締める音や指に触れる肩の感触が、より鮮明に伝わってくる。

（昔は……もっと肩幅が狭かった。背中だってこれほど広くはなかった。いつの間にこんな、男の体になっていたのだろう）

薄く目を開けて顔を横向けると、雪華は甘く色づいた吐息を落とした。体躯《たいく》だけではない。焔は金茶の虹彩に雄の色香をたたえる、誰もが振り返る美青年に成長した。焔のことを思うと頬が熱くなり、心臓がとくとくと音を立てる。

「迷子を捜しに行くとき、どうして俺に声をかけなかったんだよ？」

無言で歩を進めていた焔が前触れなく口を開いた。どう返そうか雪華は迷うが、下手に誤魔化しても納得しないだろうと思い、正直に打ち明けることにした。

「行方が分からなくなった子の家の裏に狗神の足跡があったのを、村の人たちが狐のものと勘違いしたんだ。それで八尾の妖狐たちに疑いがかけられたらしくて……なんとか誤解を解きたかった。……焔が拐かしの犯人だと思われるなんて、我慢がならなかったんだ」

その答えに焔は一度振り返りかけて、けれどすぐに顔を正面に戻した。白金の髪からのぞく目尻がわずかに染まる。焔はたっぷり沈黙したのち、気持ちを切り替えるみたいに一つ咳払いをした。

「だとしても、よりによってあいつと二人で山に入るこたァねえだろ……」

不服そうな言葉はぼやきに近く、拗《す》ねた子供のような印象すら与えた。大人びた外見とは不釣り合いな口調に、雪華はぱちくりと瞬く。もしや草太を苦手に思っていたのだろうか。他人に対しての愚《ぐ》痴《ち》をこぼさない男なので、全然分からなかった。

そうこうするうちに山の麓《ふもと》に近づき、視界に桃色の木々が映り始めた。群青の空の下にぼんやりと浮かび上がるのは、満開に咲き誇る山桜だ。数本の木がまとまって自生し、山が闇に沈む中そこだけが明るくなっている。雪華は思わず身をのり出した。

「綺麗だ……」

「降りてみるか？」

焔の問いに雪華はうなずき、背から降りて地に足を着けた。はらはらと花びらが舞う一帯へ向かう。

山桜は七本ほどの木が円を描くように生えていた。中央に立って見上げれば、夜空が淡紅色の額縁で丸く切りとられ、円の中を薄い花びらが絶えず飛びかう。

幻想的な風景に雪華は言葉もなく見とれた。どこからか吹いてきた春風が頬をかすめ、夜空に似た雪華の黒髪を揺らす。その流れを視線で追ううち、離れた場所にたたずむ焔の姿が目に留まった。

息を飲むほど美しい景色だというのに、焔は桜には目もくれず、ただまっすぐに雪華を見つめていた。花に囲まれているせいだろうか。焔の淡い笑みからはどこか甘い香りがただよう。

心を鷲《わし》づかみにされる感覚に、雪華は思わず胸に手を置いた。切なくて、嬉しくて、それから少し苦しい。桃色の花びらに閉じ込められて、焔と二人、ずっと一緒にいられたらいいのに。

「花嫁みたいだな」

「え？」

脈絡のない発言に、雪華は間の抜けた返事をした。

「長い髪に花びらがくっついてさ、白無垢みたいに見える」

そう言って焔が目許をほころばせる様は、雪華が見てきたどんな笑顔とも違っていた。面映《おもは》ゆそうな、だけど幸福そうな、やわらかくて安らかで、愛情に満ちた優しい笑み。

この笑顔が五日後には、他の相手のものになる。

「私が狐なら、……私が、女なら」

桜が悪戯に視界を奪う中、雪華は瞬きもせずに言った。

「私を焔の妻にしてくれたか……？」

口にした言葉はほとんど独白に近かった。途端に強い風が吹いて、地面に敷きつめられた花びらが一斉に舞い上がる。焔の姿が淡紅色の中に消えて、嫌だ、と雪華は思った。

焔が誰かのものになるなんて嫌だ。

――焔が、好きだ。

風がやみ、花びらが落ちて視界が開ける。こちらに正面を向けたまま焔は硬直していた。雪華もまた自覚した気持ちと、今しがた口にした言葉に石のように固まる。とんでもないことを告げてしまったと、火を噴かんばかりに顔が燃えた。

そうだ。好きなのだ、焔が。焔に対する愛情は、兄を慕うような気持ちではとうになくなっていた。一匹の狐として鈴蘭を好ましく思いながらも、焔の隣に立つ姿を受け入れられなかったのは、許嫁という立場に嫉妬《しっと》したからだ。家族とは別の、特別な情をかわす存在になるのだと思うと、ただただ鈴蘭が妬《ねた》ましかった。悲しくて、つらくて、胸がつぶれてしまいそうだった。

途方に暮れて立ち尽くす雪華と、身動《みじろ》ぎ一つしない焔との間に、長い沈黙が落ちた。いっそ消えてなくなりたい……とめまいすら覚えた頃《ころ》、焔がようやくこちらへ踏み出す。じりじりとつめられていく距離に、雪華は胸の上で手を重ねうつむくことしかできない。

雪華の前で足を止め、焔は深く息を吸い込んだ。

「俺は、ずっと雪華の隣にいることを願ったよ」

少年から青年へと移り変わる途中の、まだ少しざらつきの残る声が、夜風に溶けて消えていく。

「雪華と一緒にいるためなら俺はなんでもできる。管狐として生きるのも、そのために所帯を持つことも」

のびてきた大きな手に雪華は肩をすくめた。また頬に触れられたら、恥ずかしいほど身を火照《ほて》らせている事実を見抜かれてしまうだろう。

けれど雪華の懸念を他所《よそ》に、焔の指は黒髪にのった花びらをつまんだだけで離れた。その呆気なさに思わず顔を上げれば、目の前に立つ焔と視線がぶつかる。

雪華を見下ろす焔は、力なく肩を落とし、諦念《ていねん》のにじむ寂しげな微笑みを浮かべた。

「俺は狐で、お前は人間だ、雪華」

分かりきった事実は、焔に突きつけられた途端、深い溝《みぞ》となり雪華の前に立ちはだかった。種族が違うから一緒にいられたのに、種族が違うから拒まれていると、雪華はその一言ですべてを察する。

呆然とする雪華の前に腰を落とし、焔は片膝を立てこうべを垂れた。主に忠誠を誓う家臣の顔で。

「雪華の管狐として、俺は生涯雪華だけを守り続ける」

頭部に並んだ狐の耳は一度後ろ側に伏せられ、すぐにまた行儀良く上向いた。初恋の自覚と、同時に訪れた失恋は、春嵐のように雪華の心を踏み荒らす。それはあまりに突然で、雪華は桜吹雪の中で凍りついたまま、涙を落とすことすらできなかった。

五日後、焔と鈴蘭の祝言はとどこおりなく行われた。桜でできた綿帽子と打掛ではない、本物の白無垢を身につけた鈴蘭は、内側からにじみ出るような輝きを放つ。

座敷に正座する鈴蘭の隣には、黒の羽織袴をまとう焔が並んだ。雪華は八尾家の嫡子が代々受け継ぐ鉄紺の直垂に身を包み、父と隣り合って二匹の年若い狐に正面を向ける。夫婦の誓いを立てた妖狐が最後に行うのは、呪術師となる人間との契約の儀だ。

管狐として契約主に尽くす旨《むね》が記された和紙に、焔と鈴蘭が順番に筆を取り己の名を書き加えた。かたわらに置かれた短刀で指の腹を浅く傷つけた焔が、和紙の中央に血判を押し、そのまま指を引いて一文字を描く。鈴蘭も続き、焔が引いた血の線と交差するように手を動かした。雪華と契約をかわした二匹の、命が尽きるまで決して消えることのない十字。

父はそれを竹筒に巻き、上から黒の組紐を結んで固定した。

「以上の儀をもって、妖狐・焔とその妻鈴蘭を、八尾雪華の管狐とする」

座敷に父の低い声が響く中、雪華はただまっすぐに焔を見つめた。焔も同様に決して揺らぐことのない視線を雪華に送り続ける。どこからか舞い込んできた桜の花びらが、開け放った障子戸の先で風にのり、くるくると円を描いていた。

依頼主との面会に使われる座敷は広く、余計なものが一つもなかった。掛け軸も生け花も飾られていない床の間を背に、雪華は畳の上にあぐらを掻き、腕を垂直にのばして竹筒をかざす。初めて身につけたときは違和感しかなかった鉄紺の直垂も、最近になってようやく体になじむようになった。

正面には妙齢《みょうれい》の女性が膝を折り、その後ろでは彼女の両親が固唾を飲んで雪華の動向をうかがっている。障子戸のそばに控える父は、畳の上に腰を下ろしたまま微動だにしない。

「我が二匹の管狐よ。来たる五月二十二日、北北東、南西、北西のいずれから訪れし者との縁談が最も幸福をもたらすか、津々浦々の稲荷神より御説をたまわれ」

雪華が管狐たちへの命《めい》を囁《ささや》けば、竹筒から雪華の左右に紫色の煙が立ち込め、獣の形を作り始めた。右の煙は白金の毛並みの狐に、左の煙は藤黄の毛並みの狐に姿を変える。荘厳なたたずまいの二匹は、妖狐のときにはなかった太い綱を首に巻いている。

管狐たちは畳を蹴ると、たちまち姿をくらませた。依頼主との間に沈黙が落ちたのは一分ほどで、先に白金の管狐が戻ってくる。続けて藤黄の管狐も現れ、双方の報告を聞いて雪華は顔を上げた。

「北北東の男は、商才はありますが浪費癖を持つため、婚姻すれば家計の維持に頭を悩ませるでしょう。南西の男は親から受け継いだ資産により生涯安定した生活を送れますが、女癖が悪くすでに二度の離縁を経験しています。北西の男はそこそこの財を持ち波風立たない夫婦生活を送れますが、地味な人柄であるため男との日々を退屈に感じる可能性があります」

流暢に語る雪華に、女性の両親が「おお」と感嘆の声を漏らした。縁談の当人である女性はちらちらと雪華に視線を送り、目が合えば頰を染め顔をうつむける。

雪華はさりげなく父に顔を向け反応を探った。父はやはり置物のように動かない。内容に誤りがあれば合図をよこすので、特に問題ないのだろうと判断する。

「占術の結果は以上です。縁談の参考にされるといいでしょう」

澄んだ声で締める雪華に、正面に座る三人が深々と頭を下げた。雪華が漆《うるし》塗りの盆を押し出せば、女性の両親がそこに貨幣をのせ押し返してくる。依頼料を支払った両親は嬉々として腰を上げ、女性もそれに続いた。座敷から出た三人を、廊下で待ち構えていた焔の母が玄関へ誘導する。

依頼を無事に務めほっと息を落とす雪華に、無言を貫いていた父が腰を上げ近づいてきた。

「次は三日後、数日効果が続く程度の呪詛を送る依頼だ。引き続き修行に励め」

それだけ言うと、父は依頼料の置かれた盆を手に踵《きびす》を返した。今日の出来については褒めもしなければなんの指摘もないが、次回の話題を口にしたところを見れば及第点と受け取っていいはずだ。廊下へ続く障子戸が閉まると、両脇に控えた管狐たちが人間へと姿を変える。

「お疲れさま、雪華。あのお嬢様の縁談もきっと満足のいくものになるわ」

髪を飾る朱色の組紐を揺らし鈴蘭が微笑む。反対隣では、焔が後頭部を掻きながら面白くなさそうに顔をしかめた。

「そうかァ？　縁談を控えてるっていうのに雪華にばっか気を取られて、占いの結果なんて全然耳に入らないって様子だったぜ」

焔が依頼主の態度に愚痴をこぼすのは珍しい。きょとんとする雪華のそばで、鈴蘭が目を細め呆れ顔を見せる。

「仕方ないでしょう。親が決めた縁談なんだから、若いお嬢さんにとっては現実味がないのよ」

「そもそも相手と顔を合わせる前から占いに頼るのもどうなんだ？　万事すべてに満足する婚姻なんてあり得ないんだから、実際に会話をしてみて、迷った相手を占いで視《み》てもらえばいいじゃねえか」

「あんたねえ、呪術師の管狐として身も蓋《ふた》もない発言するのやめなさいよ」

焔と鈴蘭が騒がしい応酬《おうしゅう》を繰り広げる。彼らが管狐として雪華と契約を結んでから二年が経った。十六歳となった雪華はつたないながらも徐々に呪術を扱えるようになり、最近では占術や霊視による失せ物捜し、軽度の呪詛送りといった難易度の低い依頼を中心に父から任されている。

二人のやりとりを尻目に、雪華は腰を上げ袴の裾を手で整えた。

「そろそろ行こうか。次の依頼に備え午後から修行を再開しよう。二人ともつき合ってくれるか？」

管狐たちを振り返って問えば、焔と鈴蘭が急におとなしくなり顔を見合わせる。雪華の隣に並んだ二人はためらいがちにこちらをうかがった。

「俺たちは構わねえけど、でも、雪華だってたまには休んでもいいんじゃねえか？」

「そうよ。今の今まで霊力を使っていたんだし、今日くらいはゆっくりしたら？」

基本的な気質は正反対の二人だが、時折こうして妙な団結を見せ雪華を気づかう。夫婦として確実に絆《きずな》を強めていく二人の変化が、雪華は嬉しくて寂しい。焔への想いを自覚してしまった日から、自分はずっと立ち止まったままなのに。

「ありがとう。だが困っている人のためにも、私は万全の状態で依頼にのぞみたい。そのために少しでも修行を重ねておきたいんだ」

よどんだ感情を悟られぬよう、雪華は平静を装い微笑んでみせた。鈴蘭は悩む素振りを見せたものの、表情をゆるめて雪華の背に手を回す。

「分かった、でもくれぐれも無理はしないこと。いい？」

あれこれと案じながらも、鈴蘭は最後には雪華を信じ判断を任せてくれる。その姿は、記憶の中に微《かす》かに残る母を思い起こさせた。

「雪華はすぐ内に溜め込むからなァ。一人ですべてこなそうとするんじゃなく、頼ってくれたほうが俺たちは嬉しいんだからな？」

焔も同じく手をのばしてくるが、雪華に触れる前に不自然に動きを止めた。しまった、と言わんばかりに表情を固くし、決まり悪そうに腕を引っ込める。雪華はさっと目をそらし、焔の一連の動作に気づかない振りをした。

桜の木々に囲まれて、雪華が告白まがいの台詞を口にした日から、焔は雪華に触れることを避けている。

（当然か。自分に恋慕《れんぼ》する相手へ不用意に触れるなど、もう妻のいる身の焔ができるはずがない）

失恋から二年経った今でも、雪華の恋心はくすぶり続けていた。その事実を悟れないほど焔は鈍い男ではなく、こうしてぎこちない空気が流れるたびに、雪華の胸にやるせない思いが込み上げる。

気持ちを切り替えるべく短く息を吐けば、こちらを見ていた鈴蘭と視線がぶつかった。鈴蘭はどこか楽しげに笑み、雪華の腕に自分の腕を絡める。四年前に出会ったときは鈴蘭のほうが身長が高かったのに、いつの間にかその背を雪華が追い越していた。

「雪華も大変よねえ、執着心の強い使役獣を持つと」

いつにない距離の近さを雪華は不思議に思った。焔が眉間に皺を刻み、「おい」と鈴蘭を責める。

「雪華から離れろ、鈴蘭」

苛立ちがにじむ声音がどうにも焔らしくない。戸惑いつつも原因を考えるうち、「ああ、嫉妬か」と雪華は密かに嘆息《たんそく》した。いくら契約主といえど、自分の妻が他の男に触れるのが嫌なのだろう。

当の鈴蘭は悪びれる様子もなく、やれやれと肩をすくめて雪華から身を離す。

「誰かに興味を持たれるたびに機嫌を損ねる使役獣がいたんじゃ、あなた自身は縁談とはほど遠い人生になりそうね」

しかし鈴蘭のその台詞だけは、雪華にも意図を理解することができなかった。

常連の依頼主が夕刻に訪ねてきたのは、秋の気配が色濃くなり始めた頃だった。その男は角袖外套《かくそでがいとう》の襟《えり》に顔を埋めてパナマ帽を深く被り、人目を気にしながら八尾家の軒先に立っている。恰幅《かっぷく》の良い中年男で、地元の有力者だと父から聞いていた。

「やあ、君は八尾さんのご嫡男だね。お父様はいらっしゃるかな？」

　玄関先で応対した雪華に、男が愛想良く声をかけてきた。来客に気づいた焔と鈴蘭が廊下の奥から現れ、雪華の背後に控える。

「父は数日前から遠方に出かけていて、戻るのは十日ほどあとになると思います」

　雪華がためらいがちに答えれば、男は片眉を上げ、弱った様子で後頭部を掻いた。

「そうなのかい？　まいったな」

「父と面談のご予定があったのでしょうか？」

「事前に連絡を入れていたわけではないんだ。だがどうしても急に呪ってほしい相手ができてね」

　なにかしら事情があるらしく、男は顎に手を添え「どうしたもんかな……」と困ったような声を漏らした。不在なら仕方ない、と諦《あきら》める様子はなさそうだ。しばし考え込んだ男は、雪華に改めて目を向けると、良案を思いついたとばかりに表情を輝かせる。

「そうだそうだ。お父さんの帰りを待たずとも、君がいるじゃないか」

「え？」

「今日から七日のうちに、とある男を衰弱させてほしいんだ。なに、命までは奪わなくていいんだよ。ひと月ほど床に伏して身動きが取れなくなるとか、精神的に錯乱させて誰もそいつの言うことを真っ当に信じなくなるとか、その程度でいいんだ」

　男は意気揚々と言葉を並べるが、その内容はなかなかに物々しく、雪華はすっかり気圧されてしまった。見ず知らずの相手を呪う行為に、幼い頃の自分は本能的な恐怖を覚えた。あのとき感じた怖さと同じ種類の感情が湧き、雪華は腹の上で両手を握る。

　雪華が今まで担《にな》った呪詛の依頼は、想い人の縁談がうまくいかないよう相手の体調を見合いの日に崩させたり、大損をさせた商売相手を大事な商談日に寝込ませたりというものだった。それらは数日から一週間程度の期間に限定された軽い呪詛であり、宿主の体力を根本から削ったり、その後の人生に支障を来《きた》すような重い呪詛は送ったことがない。

　返事に迷う雪華を、男はまじまじと見つめる。唐突に雪華の手を取ったかと思うと、男は崩れるように三和土《たたき》にひざまずいた。

「お願いだ。どうか頼まれてくれないか。八日後までになにかしらの対策を立てないと、わたしはそいつによって人生をめちゃくちゃにされてしまうんだ」

　情けなく眉を下げ、男は哀れな声音で助けを求めた。どんな呪いを望むのかを勢い込んで告げたときとは様子が異なる。男の豹変に雪華はたじろいだが、悲壮感をただよわせる物言いに気持ちを引っ張られたのも事実だった。

（呪詛で苦しめてやりたいと願うほど、この人は相手を憎んでいるんだ。きっと相手はよほどの悪事を働いたのだろう）

　呪術師として父の仕事に同行するようになってから、雪華は様々な依頼主を見てきた。誰かによって散々な目に遭わされ、なけなしの金を掻き集めて復讐《ふくしゅう》をくわだてる者。憔悴《しょうすい》しきった顔で標的の情報を告げ、あいつに報《むく》いを与えてくださいと泣きながら訴える者。

　面識のない相手を苦しめることに抵抗がないわけではないが、雪華は彼らを――立場の強い者によって人生を台無しにされた弱い者を、救いたいと思った。

　いつまでも雪華の手を離さない男に痺れを切らしたのか、男と雪華の間に焔が割って入った。手を包む感触が消え、代わりに雪華を守るように見慣れた背が視界を覆う。

「依頼を受けるかどうかを決めるのは当主様だ。当主様が不在の今、雪華に答えられることはない」

　いつになく感情的な、敵意を露わにした声で焔は告げた。自分をかばうようにのばされた腕を、雪華は言葉もなく見つめる。もう優しく頭を撫でてはくれなくなった、節《ふし》くれ立った男らしい手。

「……私で良ければお引き受けします」

　返事は意識する間もなく唇からこぼれ落ちた。勢い良く振り返った焔は、信じられないといった様子で表情を引きつらせた。対照的に男は喜色満面で立ち上がる。

「本当かい!?　いやあ良かった。無理を聞いてもらった分、報酬はいつもの倍支払うからね」

　約束を取りつけた男は、「報酬を用意して明日また来るよ」とだけ告げて立ち去った。玄関の戸が閉まり男の気配が遠のくと、焔は眉を吊り上げて雪華にせまった。

「どういうことだよ、依頼を引き受けるって」

　怒気を含んだ声音に雪華は身をすくめた。焔の陰から鈴蘭も心配そうにこちらを見ている。二人が不安を覚えるような決断だと分かってもなお……分かったからこそ、雪華はあとに引けなかった。

「そろそろ重い呪詛を扱ってもいい頃だろうと父上も話していた。初対面の依頼主ではないからある程度勝手も分かるし、今夜父上が家にいたとしても私に任せたのではないかと思う」

流れ出る言葉はなめらかだが、その実雪華の全身はこわばっていた。やんわりと自分の考えを伝えることはあっても、焔に対しこんな風に歯向かうのは初めてだ。

「けど……ッ」

「依頼主が怒りや悲しみのやり場に困って八尾家にすがるなら、できる限り助けてやりたい。私でもなにか役に立てるなら精一杯尽くしたい。いい加減、呪術師として自立したいんだ」

雪華は必死に自分を奮い立たせ、内に秘める熱情をぶつけた。普段は控えめな雪華が自らの意思を主張したのが意外だったようで、焔は牙を抜かれたように静かになる。渦巻く戸惑いと葛藤を示すように白金の尾が力なく垂れ、焔にそんな反応をさせたことに雪華は罪悪感を覚えた。

訴えた内容に嘘はない。だがこの機会を活《い》かさなければと、雪華が意地になっているのも事実だった。焔は鈴蘭の隣に新しい居場所を見つけたのに、雪華だけがいまだ焔に依存し、叶わない恋に囚われ続けている。

（呪術師として立派になれば、焔の優しさにぐずぐずと甘える真似もしなくなるはずだ）

いつまでも折れる気配がなく、強い視線を返し続ける雪華に、焔は唇を引き結んだ。考え込んだ末、深いため息を漏らす。

「……分かった。俺は雪華の管狐だ。どんな依頼だろうと雪華が受けると決めたなら従うし、全力で守ってやる」

いかにも不承不承といった調子だが、声からは怒りが抜け落ちていた。焔と雪華の和解に、鈴蘭もほっと肩の力を抜いて歩み寄る。

「わたしも焔と同じ気持ちよ。でもね、呪術を生業として生きていくには、雪華はきっと純粋過ぎる。だからどうか覚えておいて」

まっすぐに雪華を見つめる双眸《そうぼう》は宝石のように美しく、けれどどこか寂しげでもあった。

「正義と悪なんて、視点が変われば簡単に逆転するものよ。完璧な正義なんてどこにも存在しないということを、この先どんな風に生きたとしても、どうか心に留めておいて」

それだけ告げると、鈴蘭は複雑な心境を覆い隠すみたいにそっとまぶたを伏せた。

焔たちの心配を他所に、男の依頼は拍子抜けするほど簡単に遂《と》げられた。予定どおりの日程で帰宅した父に男の依頼を受けた旨を伝えても、「そうか」と短い返事をしただけだったが、その一件以降雪華は重い呪詛を送る依頼を任せられるようになった。

日々職務をこなし、空いた時間には修行に励み、季節はあっという間に巡る。村に正月の喧噪《けんそう》が残る中、雪華たちは屋敷で平穏な時間を過ごしていた。夕食を済ませた雪華は、焔と鈴蘭の三人で奥座敷にこもりたわいない会話をする。

「当主様のお戻りまであと三日くらいだったか？　年始から稲荷神への挨拶回りとは、管狐遣いの呪術師様は骨が折れるなァ」

床柱に背を預け膝を崩した焔が、寒風吹きすさぶ音を聞きながらのんびりと語った。まるで他人事な感想に雪華はくすりと笑い声をこぼす。

「父につき合う焔のご両親も大変だろう。私が父の跡を継げば、ご両親に代わり焔がその役を担うことになる」

「げえッ、正月くらいだらけさせろよ」

「あんたは隙あらばだらけてるでしょ」

座卓のそばに膝をついた鈴蘭が、湯飲みに茶を注ぎながら言い返した。容赦《ようしゃ》のない物言いに焔がげんなりと口許を歪め、その様子に雪華は肩を震わせて笑いをこらえる。瀬戸《せと》火鉢《ひばち》の中で炭が燃え、パチパチと心地好い音を立てて座敷の一角を暖めていく。

しかしそんな穏やかな光景は、一瞬にして終わりを迎えた。

あくび交じりに湯飲みに手をのばした焔が、突如として狐耳を立てた。鈴蘭も尾の毛を逆立《さかだ》て、畳に手を突いて獣の体勢となる。雪華がその存在に気づいたのは、二人が狐の姿に変化《へんげ》した直後だった。

廊下に繋がる障子戸が弾け飛び、吹雪かと錯覚するほどの強風が吹き込んだ。行灯《あんどん》の火は消え去り、穏やかな光に満ちた奥座敷は一転して闇に沈む。すぐさま焔が狐火を灯した。

薄明かりの中に浮かび上がるのは、夜の川が氾濫《はんらん》したような、水音を立てて波打つ漆黒の塊《かたまり》だった。

「なんだこれは……妖怪かなにかか……!?」

初めて目にする物体に雪華は混乱を露わにした。正体はもちろん、そいつが意思を持つのかどうかすら判断がつかない。分かっているのは、敷地に張った結界を破られた事実と、その塊が絶えず禍々《まがまが》しい気を放つ状況のみだ。

雪華の前で管狐たちが牙を剥《む》く中、漆黒の塊はブシュッと音を立てて臭気を吐いた。鼻をつく不快な臭いに、雪華は覚えがあった。

「人間の呪詛の臭い……？」

数こそ少ないが一定数存在する呪詛祓いの依頼。依頼主たちの違いによって呪いは二種類の特徴的な臭気をただよわせる。人間や、怨霊《おんりょう》と化した元人間の呪いは、血と墨を混ぜたような臭いをまき散らす。一方、神々や妖怪といった人外の存在が送った呪詛は、雨上がりの森のような濡れた土や樹木の臭いを放った。

雪華がぽつりと漏らした途端、弾かれたように塊が突撃してくる。鈴蘭が炎を吐いて壁を作るも、そいつは躊躇《ちゅうちょ》なく飛び込み自らの体で蹴散らした。塊はタコのようにうねり雪華へせまる。雪華は顔の前で手を合わせ声を張り上げた。

「我が眼《まなこ》に奴の正体を映し出す！　足止めせよ、焔！」

雪華が叫ぶと同時に眼前へ現れた焔が、鋭い犬歯をのぞかせ塊に食らいついた。獣の体は瞬く間に炎に包まれ、捕らわれた塊も焔とともに全身をあぶられた。雪華はすぐに霊力を練り霊視を始める。

漆黒の塊を形成するのは数多《あまた》の念で、絶えずヒソヒソと囁き声を漏らす。絡み合う念を紐解くうちに、雪華の脳裏《のうり》にとある心象風景が浮かんだ。

床の間を背にした男が、なにかが書かれた紙を手に取った。毛髪を中央に置く様から、呪詛を送る様子だと雪華は悟る。

（誰かが私に呪いを送ったということか？）

たぐり寄せた光景は不鮮明で、紙上の文字も読めなければ、呪術師らしき男の顔すらはっきりしなかった。敵対する相手を見抜ければ対抗できるはずだと、雪華は自身の内の霊力を掻き集める。

やがて雪華の心象風景に一匹の獣が加わった。呪術師が手にした紙と毛髪を獣は一瞬で焼き尽くす。依頼主の念と標的が繋がり、呪いを受けた宿主が誕生する瞬間だ。

白金の毛並みを持つ獣がふるりと耳を揺らした。その瞬間、判別がつかなかった呪術師の顔が唐突に視界に映り込む。腰までのびた黒髪、白い肌と切れ長の双眸が特徴の、中性的な面立ちの年若い男。

それは紛《まぎ》れもない雪華本人だった。

「呪詛は送られたのではない。返されたんだ……！」

驚愕《きょうがく》のあまり雪華は目を見開いた。他者を呪う行為は依頼主にも危険がつきまとう。宿主が自らに呪いがかけられた事実に気づき、別の呪術師を頼り呪詛を祓った場合、宿主を蝕んだ苦しみが呪詛送りを依頼した相手へ返るのだ。

しかし、この呪いはなぜか依頼主だけでなく呪術師の雪華にも返されている。

『雪華！』

焔の声が脳に直接響き、雪華は勢い良く顔を上げた。そのときにはもう、分裂した漆黒の塊に全身を飲み込まれていた。

荒ぶる奔流《ほんりゅう》は球体に変化して雪華を閉じ込める。水のような性質の塊の中では、どんなに手足をばたつかせても外へ出ることは叶わず、雪華はガボガボと泡を吐いて溺《おぼ》れた。空気を奪われる感覚に平静を失う。

その耳に、聞き覚えのない声が届いた。

『――さん、大丈夫かい。あいつと関わって体をおかしくしたのはあんたで五人目だ』

誰かが心配そうに呼んだ相手の名を、雪華は聞き取れなかった。

『……夢を見る。あまりの気味悪さに目覚めた瞬間吐いてしまうような夢を』

問いかけに応答したのは低く渋い声音の男だ。呪詛を受けた宿主だ、と雪華は察する。

『夢の中で俺は黒い水の球に捕らわれている。その水の中で俺の内臓はドロドロに溶かされるんだ。毎晩繰り返される夢に俺はすっかり神経がすり減り、最近では吐瀉物《としゃぶつ》に血が混じるようになった』

衰弱しきった調子で語る男が、『だが』と続けた。

『目利きの霊媒師《れいばいし》を頼った俺は、ついに異変の正体を知った。これは病気でもなんでもねえ。俺は……俺たちは、呪いに侵されてるんだ』

その言葉に、相手の男が息を飲む。

『俺たちってことは……やっぱりあいつか。染師《そめし》たちの弱みを握って品物を買い叩き、高値で売り捌《さば》いてぼろ儲《もう》けしやがる染色問屋』

『ああ、間違いない。いよいよ奴の尻尾をつかみ、反旗をひるがえそうとしたところで俺は呪いとやらにやられちまった。……しかし、さすがに焦ったんだろうな。奴は失態を犯した』

呼吸が苦しい。空気が頭に回らず視界がかすむ。けれど男たちの声は奇妙なほど鮮明に耳へ届いた。最後までしっかり聞き届けろと、まるで雪華へ突きつけるみたいに。

『まだ経験の浅い呪術師を使ったんだろう。霊媒師によると、他の四人に比べ、俺にはしっかりとあいつの痕跡《こんせき》が残っていたらしい。そして微かに、呪いの儀式を行った呪術師の気配も』

起死回生の策を見つけた喜びに男は声を昂揚《こうよう》させた。対する相手も興奮を露わにする。

『これで返り討ちにしてやれるな』

――さん。

最後に鼓膜を震わせた音は、今度は明瞭に雪華へ届いた。父が不在の折、八尾家を訪ねてきた男が呪ってほしいと告げた名だ。雪華が初めて行った、命に関わる重い呪詛を受けた相手。

二人の会話が途切れた途端、内臓に強烈な痛みが走った。雪華は思わず着物の上から腹部を押さえる。体の内側が高熱を持ち、肺が、胃が、腸が、溶けてしまうのではないかという恐怖に駆られた。込み上げる吐き気に雪華が顔を歪めた瞬間、ザブッと水中に音が響いた。手首に獣の歯が食い込んだと思ったら、次の瞬間には強引に水の外へ引きずり出されていた。

「げほっ、……ごほ、っ……はあ、はっ……」

畳の上に転がった雪華は、髪から衣服までぐっしょりと濡らし激しく咳《せ》き込んだ。内臓の痛みや吐き気が嘘のように消え去る。かたわらには鼻先に水滴をのせた焔が立ち、雪華を後ろに隠して黒い球と対峙《たいじ》していた。獣の低いうなり声が辺りに響く。

「私が失敗したせいで、……不慣れな依頼を受けたせいで……呪詛に自分の痕跡を残してしまった」

畳についた腕で身を支え、雪華は呆然と思いを吐露《とろ》した。こちらに背を向けた焔が耳をピクリと震わせる。

　呪術師の仕事は依頼主の念と標的を繋ぐことであるため、祓われた呪詛が依頼主に返るのは防ぎようがない。仲介作業に徹する呪術師も、きちんとした手順で痕跡を消しておかなければ、呪詛返しの巻き添えを食らうことになる。

　その「手順」を雪華はしくじった。夫婦となった焔と鈴蘭に勝手な疎外感を覚え、早く呪術師として自立しなくてはと先走った結果、冷静にのぞめば決して忘れたりしない手順を取りこぼした。だが、雪華が衝撃を受けたのにはもう一つ理由があった。呪詛の塊の中で聞いた会話がよみがえる。秋口にやってきた中年の男は、彼らに人生をめちゃくちゃにされると泣きついた。だからこそ不憫《ふびん》な男を助けるべく、不慣れな依頼でも引き受けようと雪華は決めた。けれど男は強い恨みを抱くような悪事を彼らから働かれたわけではない。ただ己の欲望を満たすために呪いを用いたに過ぎなかったのだ。

　深い絶望と虚無感に雪華は打ちのめされた。視界の端で呪詛の塊が再び龍のような奔流に変わる。

『こいつは俺たちがなんとかする。だから雪華は逃げろ！』

焰の張りつめた声が頭に響くが、雪華は深くうなだれ立ち上がることすらできなかった。

八尾家の呪術は弱者を救うためにあるのだと雪華は信じていた。けれど自分が作り上げた呪詛は立場の弱い人間を食い物にし、強者がより権力を強めるために使われたのだ。

（あの依頼だけではなく、もしかしたら他にも、弱者を陥《おとしい》れる呪いがあったのかもしれない）

もはやなにが正義でなにが悪なのか、雪華には分からなかった。墨で記された数えきれないほどの名がまぶたの裏によみがえる。依頼主に言われるがまま、雪華が呪詛を送った人々。

「なにが弱い者を守りたいだ……。私はただ、悪戯に人の命をもてあそんだだけじゃないか……！」

唇をわななかせた雪華は、両手で頭を抱えその場にうずくまる。すぐそばで炎が爆《は》ぜる音がした。

『雪華!!』

焰の怒号がビリビリと脳を震わせた。ズル、と粘着質な音がして、なにかが転がるように雪華のほうへ向かってくる。突撃してくる呪詛は尋常じゃない速度のはずなのに、雪華のうつろな目には、カメの歩みのようにゆっくりした動きとして映った。

その鈍った視界に、真横から一匹の狐が飛び込んだ。あ、と思ったときにはもう、滝のような勢いで降り注ぐ呪詛によって、鈴蘭は畳に打ちつけられていた。

稲穂に似た輝きを放つ藤黄の体を、漆黒の呪詛が捕らえる。鈴蘭が自分をかばったのだと、雪華の理解が追いつくよりも早く、鈴蘭は半透明の黒い球の中へ閉じ込められてしまった。

「……嘘、だろう……？」

水中でもがく狐の姿に、雪華は呆然と声を漏らした。焔は分裂した呪詛とやり合うのが精一杯で、鈴蘭を助けに走れない。呪詛は送ったときよりも返されたときのほうが強く作用する。優秀な管狐たちのもと、男が望むままに送った呪いは、焔ですら手に負えない重さとなって雪華に返った。

呪詛に捕らえられた藤黄の狐は、口から泡を吐きながら白い牙をのぞかせる。球の壁面を食い破るのかと思いきや、鋭い犬歯は鈴蘭自身の腕に食い込んだ。甘噛みなどという程度ではない、獲物を仕留めるための容赦ない噛み方に、湯気が上るように球の中に血が広がった。

「なに、やって……鈴蘭……？」

ふらつきつつ立ち上がった雪華は、茫然自失のままよろよろと呪詛の球へ近づいた。体のあちこちに牙を立てた鈴蘭は、今度は自慢の爪を出し、躊躇する素振りもなく己を引き裂く。

「やめろ。やめるんだ、鈴蘭……」

呪詛の球にたどり着くと、雪華は球に両手をのせ震え声でつぶやいた。すぐ正面にいるのに、鈴蘭の両目は一向に雪華を捕らえない。ただ一心不乱に、自らの体を傷つけ続ける。まるで自分の内側から、おぞましいものがあふれ出てくるように。

鈴蘭はきっと、雪華が見たのと同じ、体内の高熱で内臓が次々と溶けていく幻覚に苛《さいな》まれている。

「鈴蘭！　違う、今見えているのは現実じゃない！　すぐに牙と爪を引っ込めてくれ！」

霞《かすみ》がかった思考がようやくはっきりして、雪華は球の表面にしがみつき絶叫した。球を破壊すべく壁面を蹴っても、指を食い込ませても、呪詛はクラゲのようにぶよぶよと波打ちまるで手応えがない。

その間にも鈴蘭の体には新たな傷が刻まれ、球の内側が血で染まっていく。

「狙《ねら》いは私だろう!?　私の体ならいくらでもくれてやる！　だからどうか……どうか鈴蘭を返してくれ……っ」

叫び過ぎた喉が熱を持った。それでも雪華はがむしゃらに訴え、全身の霊力をしぼり出す。右手にそれを集中させ、一気にあふれさせた。

直後、バンッという破裂音がした。目の前で呪詛の球が弾け飛び、その衝撃で雪華は後方へ吹き飛ばされる。受け身を取る間もなく畳に叩きつけられ、うめきながらまぶたを開けた雪華は、視界に映る存在に息をつめた。

天井に背がつきそうなほどの巨軀と、白目も黒目もなく真っ赤に染まった眼球。耳と尾の先は墨汁に浸したように黒く染まり、うなり声を漏らす口許は細かい皺が寄っている。

鈴蘭はもはや雪華が知る管狐ではなかった。呪詛に自我を奪われ、人間を害す悪狐と化している。

『ギャアアァアァ！』

屋敷中に叫び声をとどろかせ、鈴蘭が畳を蹴った。悪狐の巨体には奥座敷はあまりにせまく、逃げる体勢すら取れず鈴蘭との距離がつまる。前足を振り上げた鈴蘭は、猫が虫をはじき飛ばすみたいに、いとも簡単に雪華の体を真横になぎ払った。

壁に打ちつけられた雪華はそのまま畳へすべり落ちた。全身が熱いのは激しい打ち身のせいだろう。同時に頭も打ったらしく、目に映る世界がぐらぐらと大きく揺れた。巨大な悪狐がゆっくりと近づいてくるが、雪華は指一本動かすことができない。

かすみ始めた視界の中で、鈴蘭が再び前足を振り上げた。ああ、死ぬな、と確信したところで、雪華の意識は暗転した。

気を失っていたのはさほど長い時間ではなかった。誰かが叫ぶ声で目を覚ました雪華は、直後、心臓を鷲づかみにされるような痛みを覚える。着物の胸を掻きむしりのた打つ雪華は、自分の内側でなにかが激しく燃え盛るのに気づいた。

「鈴蘭！　鈴蘭！　嘘だろ、なあ！」

脂汗を掻いてもがく雪華の耳に、焔のひどく取り乱した声が届いた。息苦しさにあえぎつつ身をよじれば、人間の姿に戻った焔が部屋の中央に座り込んでいる。かたわらには同じく人型の鈴蘭が身を横たえているが、深い傷を負った胸からはおびただしい量の血が流れ、畳には真っ赤な染みが広がりつつあった。

「ほ、むら……」

肩に腕を回され、上体だけをわずかに起こした鈴蘭が、うつろな目で夫の名を呼ぶ。途端に鈴蘭はむせ返り、口から鮮血を吐いた。傷は内臓にまで及んでいるらしい。

ゼエゼエと荒い呼吸を繰り返しながら、それでもなお鈴蘭は続けた。

「ど……しよ、わたし……、せ、せっ、か……雪華を……」

「分かってる。分かってるから、とにかく傷を治すことに集中しろ」

会話にすら体力を奪われる鈴蘭を、焔がきつい口調で押し留めた。霊格の高い妖狐は、ある程度の怪我であれば霊力を用いて自己治癒力《ちゆりょく》を高められる。けれど鈴蘭の傷はあまりに深く、霊力による再生が追いついていなかった。鈴蘭も自覚があるようで、血まみれの手で焔にすがり声をつまらせる。

「い、いま……今、死ぬわけには、い……か、ないの……おねがい、お願い……焔」

声を震わせ懸命に訴える鈴蘭は、目尻から涙を伝わせた。さらに何度か唇が動くが、細い息は雪華のもとまで届かない。気丈で、いつも自分を導いてくれた鈴蘭が泣く姿を、雪華は初めて目にした。

「当たり前だ！　死なせてたまるか、お前は俺の家族なんだろ!?」

鈴蘭の手を握り返し焔が吠《ほ》えた。その返答に、鈴蘭は唇に薄い笑みをのせ、焔を見上げてはらはらと涙を落とす。かろうじてうなずいた鈴蘭は、消え入りそうな声で告げた。

「……たす、けて……」

それが最期だった。

まぶたを落とした鈴蘭は、人形のようにくたりと身を投げ出し動かなくなった。藤黄の尾が左右に揺れることもなければ、艶やかな目が嬉しそうに細められることもない。焔が大声で鈴蘭の名を呼ぶ中、雪華は呆然と胸を押さえたまま寝転がるばかりだった。

鈴蘭の骸《むくろ》を抱えうなだれた焔は、しばらくの沈黙ののちゆっくりと腰を上げた。体内で暴れ狂う痛みと熱に悶《もだ》え続ける雪華のもとへ、おもむろに近づいてくる。

「ほむ、ら……ッ……」

肌をびっしょりと汗で濡らし、雪華も彼を見上げた。すぐ横にたたずみ視線を投げる焔は、すべての感情が抜け落ちたような蒼白な顔をしていた。

「楽にしてやるよ」

狐火の明かりだけが灯る血まみれの奥座敷で、焔は静かに言った。

「あいつと約束したからな」

雪華は畳にのびたまま、焔の言葉を受け止めた。

実力に不相応な依頼を受けなければ、呪詛を返され鈴蘭が飲み込まれることはなかった。人間が人間を呪う罪深さについてきちんと考えていれば、誰かの人生を狂わせることはなかった。

今度こそ自分は死ぬのだろう。鈴蘭を死に追いやった代償として、十六年の生涯でたった一人恋をした男に殺される。

焔が目の前で狐に身を変えた。その体は、悪狐と化した鈴蘭と同様の巨軀まで成長する。巨大な口で噛みつかれ、鋭利な歯で砕かれれば自分は間違いなく絶命するだろう。死への恐怖はなく、ただ焔と鈴蘭に申し訳がなかった。

焔の右の前足が熱を蓄《たくわ》えて赤く光り、やがて灼熱の炎に包まれた。凍えるほどの冷たい視線を向けた焔は、その足を雪華の胸へ振り下ろす。身を焼かれる強烈な痛みに雪華は断末魔の叫びを漏らし、直後に意識を手放した。

頬をかすめる空気が冷たい。冬の朝の乾いた匂いがして、雪華は薄くまぶたを開けた。寝ぼけまなこで見る世界は灰色と白が混ざり合い、地獄という場所は案外明るいんだな、と雪華は思った。

幾度か瞬いて辺りを見直せば、雪華が横たわるのは慣れた畳の上で、すぐそばには真っ二つに折れた障子戸が転がっていた。襟元に手を差し込み恐る恐る肌の状態を確認するが、焔に焼かれたはずの胸に火傷《やけど》は見られない。それどころか、気を失う前にあれほど苦しめられた激しい胸痛が消えている。

慎重に体を起こした雪華は、改めて部屋の中を見渡した。朝の白んだ光が差す奥座敷は静寂に満ちているが、座卓が横転し襖が折れ曲がる様子に、昨夜の出来事が決して夢ではなかったと思い知らされる。呪詛の塊は消え失せたが、残り香なのか独特の臭気がうっすらただよう。

鈴蘭の骸は姿を消していた。大量の血が染み込んだ畳には、雪華の竹筒と、鈴蘭が髪を束ねていた朱色の組紐が転がる。竹筒に巻かれた契約書は、十字に引かれたはずの血判が一文字に変化していた。その先の縁側に、頭一つ分の幅だけ戸を開け、外を眺める焔がいた。

美しい白金の耳や尾には血が生々しくこびりついている。狐の聴覚を考えれば雪華が目覚めたことなどとうに気づいているはずなのに、焔は立てた片膝に腕をのせ、縦長に切り取られた銀世界を見つめ続けた。曇天《どんてん》から白い雪が音もなく舞い降り、うねりのある焔の髪に重なる。

「どうして殺さなかった」

冷えた空気に雪華の乾いた声が響いた。なぜ自分が生きているのか、雪華自身が誰よりも疑問を抱いていた。その問いかけに焔がようやく振り返る。

殺意と憎しみのこもった目で射貫《いぬ》かれるのかと思った。けれどこちらに向けられた双眸に激しい感情は見当たらず、夕凪《ゆうなぎ》のような静けさだけが宿っている。揺らがない瞳はなにかを見極めるかのようで、無言の威圧に雪華は密かに息を飲む。それでも胸の中で渦巻く気持ちを抑《おさ》えるのは不可能だった。

「鈴蘭は私のせいで死んだ。それなのにどうして妻を殺した奴を生かしておいた？」

姉のように慕った相手を死に追いやりながら、のうのうと生き残った自分が雪華は許せなかった。張りつめた空気の中、焔は感情の読めない瞳に雪華を映す。

一度まぶたを伏せ沈黙したのち、焔は再び雪華に顔を向けた。そこにはもう静けさはなく、本意の見えない薄い笑みが貼りつけられていた。

「殺してなんかやらねえよ？」

膝の上に肘を置いて頬杖をつき、焔はゆったりと尻尾を振った。余裕ある笑みを浮かべる焔の、表皮の裏にある感情がまるで読めない。雪華の知る穏やかな兄貴分ではなく、底知れない闇を隠し持った狡猾《こうかつ》な狐がそこにはいた。

思わず顔をこわばらせる雪華に、焔がおどけた調子で片眉を上げる。

「死は一瞬だ。大きな恐怖を一度だけ与えて終了、なんてあまりに芸がないだろ？」

床板に手をつき腰を上げた焔は、緩慢《かんまん》な足取りで雪華に近づいた。雪華の前に屈み込んだ焔は、胸に人差し指を突き立てる。鈴蘭を失った直後、焔に焼かれたはずの場所だ。

「なァ、気づかねえか？　今雪華が感じてるはずの臭いは、昨日の呪詛とは明らかに違うってことに」

どういう意味かと雪華は視線を泳がせ、その目は焔の指先に至ったところで止まった。呪詛の臭気が自分の内側から湧き立っていると雪華は悟った。雨上がりの森を思わせる、湿った土や草木の臭いが。

「呪ってやったんだよ。俺が、雪華を」

深い闇を双眸に宿し、焔は口角を上げた。

「終わらない苦しみに、いっそ殺してくれと雪華が泣き叫ぶ様を俺はずっと隣で眺めてやる。むごたらしく魂が枯れ果てる瞬間まで、俺の呪いを背負って生き続けろ」

焔はなめらかな弁舌で残酷な事実を突きつける。雪華はただ、投げ出すことなど許されない責務を呆然と受け入れるほかなかった。想いを寄せた相手に憎まれ、呪詛を送られた事実はどんな暴力よりも雪華を痛めつける。だがそれこそが、自分に与えられた罰なのだと思った。

以降の記憶は雑然としていた。自身の状況を冷静に振り返った結果、雪華は慌ただしく荷をまとめ、焔を連れて屋敷を飛び出した。八尾家の跡取りである雪華が管狐によって呪いを受けたと知れば、しきたりを重んじる父はどんな手段を使ってでも焔を処分するだろう。

当て所《ど》なくさまよう雪華に焔も黙って同行した。管狐として契約を結んだ妖狐は、主から長時間離れることができないうえ、どちらかが死ぬまでその契約は解けないと言われている。鉄紺の直垂に身を包み山を越える雪華は、獣道を無言で進む焔に目をやった。

（私の管狐にさえならなければ、焔が妻を失うことはなかった。憎む相手と四六時中一緒にいなくて

はならない……なんて事態にもならなかった）

焔とともにいるために呪術師としての修業に励んだのに、呪術師となったせいで最愛の男を苦しめているという皮肉に、雪華の心は深く抉られた。痛みをこらえて顔を歪めた雪華は、木々の枯れた冬山を歩きながらひっそりと拳を握る。

（管狐を用いた呪術稼業を営むのは八尾家だけではない。きっと日本国のどこかに、管狐との契約を解く方法を知る者がいるはずだ）

そして目当ての者と出会えたあかつきには、管狐という役目から焔を解放しようと決めた。焔が己の意思で、いつでも自分のもとを去れるように。

こうして雪華は実家である八尾家と縁を切り、管狐との契約を解く方法を探すため、旅を始めた。竹筒に鈴蘭の形見である朱色の組紐を巻き、自分を呪う想い人を管狐として従えながら。

雪が解け、桜が散って、入道雲が空に溶け、木々が枯れて、また雪が降る。いつしか焔と旅を始めて六年のときが経った。

二十二歳となった雪華は、一月末、東北の地方都市にある市庁舎を訪れていた。十名ほどの吏員《りいん》が業務にいそしむ一階は、中央が横並びの長机で区切られている。その前に立つ雪華は、手持ちぶさたな思いで室内に目を向けた。

洋風建築の市庁舎は、手すりに花模様の細工を施した吊り階段や、上げ下げ窓を取り入れていた。午後の陽光が差し込む半月型の欄間《らんま》の下には、ガラスをはめ込んだ両開きの扉がたたずむ。手前側には来庁者の待機用に数脚の長椅子《いす》が置かれているが、今はそこに客はいなかった。雪華以外の利用者といえば、背後にあるダルマストーブで暖を取る、臙脂《えんじ》の着物の女性くらいだ。

やがて帳面を抱えた中年男性が雪華のもとへ戻ってきた。正面の椅子を引き、木製の長机に着く。

「待たせたね、ええと……お嬢さん？」

「私は男です」

「おっと、失礼した。どちらか迷ったんだが、ご婦人を男と間違えるよりましかと思ってね」

男とのやりとりに、書類と睨み合う吏員たちが興味深げに雪華を見た。文明開化の世と言われる明治に突入し、すでに三十年以上が経つ。洋装を取り入れる者が増える中、江戸時代の武士を思わせる鉄紺の直垂と袴は、どこへ行っても雪華を目立たせた。しかし人目を引く要因はそれだけではない。

　ひんやりとした印象の切れ長の双眸と、透明感を高める白い肌。深紅の組紐で束ねた髪は腰に届く長さとなり、陽光を浴びれば絹のように艶めく。雪華はまるで職人によって作られた氷の彫刻のような、美貌の青年へと成長していた。

　雪華が吏員たちの視線を浴びる中、男は手にした帳面をめくり「んん」とうなった。

「やはりこの町にはお探しの坊さんはいないようだ。トウソン寺のコウジさんだったか？」

「廣尊寺《こうそんじ》の統慈《とうじ》殿、かと思います」

「そうそう、その人。日本国のどこにあるのかも分からない寺を探すのはなかなか厳しいなあ。力になれず申し訳ないが」

「いえ、構いません。こちらこそわざわざ時間を割《さ》いていただき、どうもありがとうございました」

どうやら今回も当てが外れたようだ。雪華は丁寧に一礼して身をひるがえし、市庁舎をあとにした。

　南東北にある街は、レンガ造りの洋風建築と瓦屋根の和風建築が入り乱れる、和洋折衷《せっちゅう》なたたずまいを見せていた。市庁舎の前にのびる大通りには、呉服店や一膳飯屋《いちぜんめしや》、風呂屋といった店や施設が洋式塗料の看板とともに軒を連ねる。重たい曇天の下でも通りは活気に満ち、小袖に吾妻《あずま》コートを羽織った女性や、着物に角袖外套とステッキをあわせた男性が闊歩《かっぽ》していた。

　雪華が遠くに視線をやれば、この街の象徴とも言える時計塔が目に入った。時刻は午後二時を回ろうとしている。旅の相棒である焔はもうすぐ現れるだろう。

（この街を訪れたのは二度目……いや、三度目だったか？　依頼は人の多い都会に集中するから、この街の民にも何度か呼ばれた覚えがある）

白い息をこぼしながら、雪華は八尾家を離れてからの六年を振り返った。

焔を解放する、という密かな目的のもと旅に出た雪華だが、最初にぶつかったのは「どうやって生活資金を得るか」という問題だった。小学校すら通っていない雪華は、呪術師になるための修行しかしてこなかった。今さら別の仕事に就くのは難しく、かと言って他者を呪う業《ごう》の深さを知ったあとでは、呪術師を続けることなどできない。

悩んだ末に雪華が選んだのは、呪詛に苦しむ人たちを清め祓う、清祓師《せいばつし》として生きる道だった。依頼を受けて日本国の各地に赴《おもむ》き、宿主を苦しめるものの正体を霊視したのち呪詛を祓う。呪詛祓いによって得た資金で食事を取り、宿で身を休め、また次の依頼主のもとへ旅をして……その繰り返しだ。生きた人間の呪いだけではなく、ときには死してなお怨恨の念に取り憑かれた怨霊《おんりょう》の呪詛もあり、そういうときには他者を呪うよりも祓うほうがよほど難しいと痛感させられた。

それでもなんとかやってこられたのは、焔がそばにいてくれたからだ。

（私が護符や清酒の力を借りてようやく宿主から引きずり出した呪詛を、焔は身一つで簡単に焼き尽くしてしまう。やはり焔は、管狐で収まるような霊格の妖狐ではないんだ）

根底にある劣等感はいまだ薄れず、時折顔を出しては雪華を苛む。暗い面持ちで唇を結んだ雪華は、目の前を行きかう群衆の中に出現した狐耳を見つけた。

　少年期よりずっと色香の増した金茶の目に、ゆるく弧を描く唇が印象的な甘い面立ち。白金の髪には黒の山高帽がのり、狐耳が左右に並んだ。焦げ茶の着流しにインバネスコートを羽織る姿はいかにもハイカラな色男といったところで、彼の軽薄な雰囲気を強調している。

　焔の両隣には華やかな着物をまとった女性たちが一人ずつ並んでいて、雪華は思わず眉を寄せた。市庁舎の前にたどり着いた焔が片手を上げたものの、雪華はふいと視線を外す。

「やァやァ、無事到着できた。どうもありがとうね、お嬢さんたち」

「いえっ、ちょうどこの先の呉服屋に向かうところでしたので」

　焔が山高帽の頭頂をつかんでひょいと持ち上げると、女性たちは声に喜色を浮かべた。目を引く容姿の焔は、少しばかり道を尋ねただけでもすぐに異性を引き寄せてしまう。焔のほうから同行を頼んだわけではないのだろう、と想像できるが、女性をはべらせる姿を見るのは良い気分ではない。

「こちらの方が焔様がお仕えするご主人様ですか？」

　女性の一人が無邪気な調子で焔に尋ねるのを聞き、雪華は反射的に体を固くした。女とも男とも判断しがたい特異な容姿を、笑われるのかと思ったのだ。

　しかし雪華の不安を他所に、女性たちは顔の前で手を合わせ頬を紅潮させた。

「本当にお綺麗な殿方！　焔様がおっしゃったとおりですね！」

「お二人が並んで歩いているところは、さぞ麗《うるわ》しい光景なのでしょうねえ……」

頬を手で包みうっとりと漏らす女性たちの言葉に、雪華は呆気に取られた。女性たちの間で、焔だけが涼しい顔で腕組みしている。艶のある白金の尾が腰の辺りで左右に揺れた。

「そうだろう？　この麗人を連れ歩くと目立っちまって大変なんだ」

自分だって衆目《しゅうもく》を集める風貌なのに、平然と言ってのける焔に雪華は赤面した。この口の回る相棒を連れてさっさと立ち去らねば、と一歩踏み出した途端、段差に足を取られた雪華の体が前方に傾く。

転倒しかけた体を受け止めたのは、インバネスコートからのびた長い腕だった。

「大丈夫か？　ご主人」

雪華の痩身《そうしん》を腕一本で悠々と支え、焔は片方の眉を上げた。醜態をさらした事実を恥じ、雪華はすぐそばに立つ長身の男を見上げる。

「す、すまない。迷惑をかけた」

「なーに言ってんだよ。この程度で迷惑なんて思わねえって。それに、」

楽しげにそう言ったかと思えば、焔は前髪の間からのぞく双眸をすうっと細めた。静けさの中に色香がにじむ微笑みは、二歳という年齢差以上に焔を大人びて見せる。一変した表情に雪華が目を奪われる中、焔はすばやく顔を寄せ、内緒話でもするかのように耳のすぐ横で囁いた。

「どうせなら『ごめん』より『ありがとう』って言ってほしいんだけどな？」

表情が見えずとも笑んでいるのが分かる、色魔と呼んでも過言ではない甘い声音。それが吐息とともに耳朶《じだ》をくすぐり、不慣れな刺激に雪華は飛び跳ねた。視界の端で女性たちが「きゃっ」と声をあげ、赤い両頬に手を当てる。

「ははは！　色が白いから赤くなるとすぐ分かるぜ、雪華」

焔がカラカラと笑う中、雪華は大慌てで身を離し耳を手で覆った。焔の指摘どおりそこは恥ずかしいほど熱を持つ。耳だけでなく、きっと顔から首まで綺麗に染まっていることだろう。

「……っ！　も、もう、先に行くからな！」

足の先から頭の天辺まで茹だってしまったような心地で、雪華は肩を怒らせ歩き出した。「おーい、待てよォ」というのんきな声が後ろから聞こえてくる。

霊格の高さからくる余裕なのか、元来の性格なのか、焔には幼少期から妙に達観した雰囲気があった。しかし二人で旅を始めてからの焔は、いかにも狐らしいつかみ所のなさを見せ、気ままな言動で雪華を翻弄《ほんろう》する。

その変化を寂しく思う一方、二人の会話の中で楽しげな様子を見せる焔に、雪華は密かに安堵もしていた。

（私をからかうためでもなんでもいい。焔が笑みを見せてくれるなら、私は……）

切なく震える胸に拳を置いた雪華は、焔が早く追いつけるよう歩幅を狭めた。

街で呪詛祓いの道具をそろえた雪華と焔は、とある商家へ向かった。主である商人の娘が原因不明の病に伏したため、霊視してほしいと相談を受けたのだ。

商人の屋敷は白い土壁に瓦屋根がのる日本家屋で、麻の葉模様の組子を用いた障子や、著名な水墨画家に龍を描かせたという襖、精巧な細工が施された釘隠しなど、外にも中にも贅《ぜい》を尽くしている。臙脂色の着物をまとう女中に案内され、庭園に面した渡り廊下を進む雪華に、横から焔が耳打ちした。

「通行人に道を尋ねるだけでたどり着けるような、目立つ屋敷で良かったなァ。『依頼主の家の場所を聞きに行く』って市役所に行ったくせに、どっかの誰かさんは聞くのをすっかり忘れて帰ってきちゃったもんな？」

「それは……その、」

ニヤニヤと口許をゆるめる焔に、雪華は口ごもるばかりで言葉が出ない。そういう体《てい》で誤魔化して一人市庁舎へ向かったのに、本来の目的を済ませたあと、その口実のことはすっかり頭から抜け落ちていた。

「荒野に咲いた白百合《しらゆり》、みたいなたたずまいのわりに、案外抜けてるよなァ雪華は」

「なんだその表現は。先ほども麗人などと言っていたが、あれは婦人に向けられるべき言葉だろう」

「いーんじゃん？　美しい人って意味なら正解だろ。……ん？」

両の袖に手を差し込みながら廊下を進む焔が、ふいに足を止めた。つられて雪華が隣を見れば、庭を挟んだ離れの一室に、五歳くらいの子供がいる。

外の空気はキンと冷えているのに、男児は板戸を半分以上開け雪華たちをうかがっていた。大きくて丸い目とふっくらした頬、それに赤みの強い猫っ毛が特徴的だ。いかにも興味津々といった様子の幼子に雪華は頬をゆるめるが、直後に男児の後ろから一人の女中が現れ、慌てて男児の肩を引いた。

「志之輔《しのすけ》、お客様をじろじろと見ては駄目よ」

男児を中へ戻すと、女中は雪華たちに一礼して板戸を閉めた。てっきり商人の子かと思ったが、幼児とはいえ主の子息を呼び捨てにはしないだろう。母屋には商人家族が、離れには女中が住むと聞いたので、彼女たちの中に母親がいるのかもしれない。

そうこうするうちに雪華たちは奥座敷へ通された。普段はあまり使用しないのか、床の間に掛け軸が飾られただけの簡素な部屋だ。室内には血と墨を混ぜたような臭気が満ちている。

畳床の中央に敷かれた一組の布団には、依頼対象である娘が身を横たえていた。年の頃は十六、七といったところで、浴衣《ゆかた》の上に丹前《たんぜん》をまとい、青白い顔でまぶたを伏せている。

「君か、例の清祓師というやつは」

声をかけてきたのは、部屋の奥であぐらを掻く四十過ぎの男だった。

「ご依頼いただきありがとうございます。私は雪華、こちらは相棒の焔と申します」

「噂はかねがね聞いているよ。呪術師一家として名高い八尾家の嫡子なんだろう？」

「……実家とはすでに縁を切っておりますので」

実家を離れて六年が経ってもなお、呪術師としての八尾の名は雪華のあとをついて回った。表情を暗くする雪華をちらりと見て、焔が「さっさと始めようぜ」とさりげなく会話を終わらせる。

布団の横へ移動した雪華は、手荷物を降ろし袴の裾を払って正座した。深く息を吸い込み、まぶたを伏せて体の内側に意識を集中させる。自分の中に飛び散る光を掻き集め、ひとまとめにして丹念に練り上げた。すると泉に清水が湧くように、丹田《たんでん》からあふれ出た力が全身を巡り始める。

雪華が目を開ければ、娘の首に黒い靄が絡むのが見えた。意思を持ってぐねぐねとうごめく靄は娘の顔を覆い尽くすほど濃く、送り主の強い怨念を感じさせる。

「視えたか？」

すぐ横に立つ焔が慎重な声音で尋ねた。娘から目をそらさぬまま雪華はうなずく。

「間違いない。呪詛に侵されている」

怨霊や妖怪による祟りと、生きた人間を含む相手からの呪詛では祓い方が異なる。対象者を苦しめるものが呪詛かどうかを、霊視によって見極めるのが雪華の仕事だ。

腰に手をのばした雪華は、組紐をほどいて竹筒を縦に握った。そのまま人差し指を立て、内側に巡らせた力を手のひらへ送り込む。

「この者を蝕む念を捕らえ、送り主の姿を我が前に引きずり出せ」

雪華の命令に、焔は帽子のつばで目許を隠し「了解」と答えた。焔が山高帽を畳に放った瞬間、彼の長身が歪む。その身はみるみるうちに狼ほどある大型の狐に変わった。

雪華が「行け」と告げれば、焔は畳を蹴り勢い良く靄へ食らいつく。襟巻き程度の量に思えた靄は、焔が後退するのに従い際限なく引っ張り出された。溶かした飴《あめ》のように引きのばされながらも、靄は一つの形を作っていく。

乱れた白髪交じりの頭に、虚無を映すほの暗い目。顔中に刻まれた皺とたるんだ頬に老いを感じるその男は、怒りや憎しみを押し殺すように唇を固く結んでいた。男の後ろからはパチパチと火が爆ぜる音と、それから板を踏み込むような、ギイッという鈍い音が聞こえる。

「一体これはなんの……、……鞴《ふいご》？　たたら製鉄か？」

製鉄の盛んな地域に立ち寄った際、職人が天秤鞴を使い、炉に風を送る様を目にする機会があった。そのときの記憶を思い起こして口にすれば、商人が目の色を変える。

「製鉄……、もしやあいつか？　くそっ、あの老いぼれ、長年の恩も忘れ呪いをかけやがったのか！」

心当たりがあるようで、商人は声を荒げ畳に拳を叩きつけた。送り主は娘に恨みがあるわけではなく、父親へ送られた呪詛が娘に影響を及ぼしたようだ。だったらなおのこと早く助けてやらなくてはと、雪華も気持ちを引きしめる。

（だが、今回は少しばかり厄介だ）

順調に呪詛を剝がしていた焔が不自然に動きを止めた。畳に爪を立てて踏ん張るが、なにかに呪詛が引っかかり、すべてを取り除《の》けずにいる。雪華は靄の根元に目をやり「やはりな」と漏らした。

黒い靄がほぼ消えた少女の胸には、一匹の狸《たぬき》が横たわっていた。狸は息も絶え絶えながら頭を持ち上げ、歯を剝いて必死に雪華たちを威嚇《いかく》する。その胴には鋭くとがった靄の端が杭《くい》となって突き刺さっていた。知識と術を身につけた、人間を呪うことを生業とする呪術師の仕業《しわざ》だ、と直感する。

『呪詛が簡単に祓えないよう、狸を依《よ》り代《しろ》に使ったみたいだな。殺された狸の怨念がより呪詛を粘着質にしてやがる。なかなか頭の働く、悪趣味な術者だぜ』

　吐き捨てるような焔の台詞が頭に響き、雪華も眉間に皺を刻んだ。

　依り代にされた生き物は死したあとも呪詛に意識を取り込まれる。呪詛と狸を繋ぐ杭を外しても、自我を取り戻すことなく雪華に牙を剝くだろう。製鉄職人の呪詛と狸の両方を同時に祓わなくてはならず、一般的な呪詛祓いよりもずっと労力が要る。

　拳を握った雪華は、鋭く息を吸って焔に視線を向けた。

「悪しき鎖を焼き払え。消し炭さえ残さず、呪詛の念をお前の炎で清めよ、焔」

　雪華がすばやく後ろへ下がれば、焔の足下から炎が上がり狐の体を包んだ。焔もろとも灼熱の業火に焼かれた職人の呪詛は、地鳴りのような絶叫とともに畳の上を舞う塵《ちり》と化す。

　焔が再び姿を見せたあとも、炎はそのまま靄を伝い狸へせまった。呪詛の杭が消え、狸の魂が解放される。

「来るぞ！」

　錯乱した狸の攻撃にそなえ雪華は声を張り上げた。焔も身を低くして臨戦態勢を取る。

　しかし自由の身になった狸は、雪華たちには目もくれず渡り廊下のほうへ鼻先を向けた。小さな足で娘の体を蹴り、ぴょんと跳ねて廊下へ駆け出す。

　鞠のような体が障子に触れた瞬間、狸の魂は景色に溶けて見えなくなった。あっと言う間の出来事に、雪華は口を半開きにして立ち尽くす。

「自由になれたと分かって逃げた、ってことか？　ただの狸にしちゃ随分冷静だな」

　すぐ隣で人型に戻った焔も、肩すかしを食らった様子で頭を掻いた。雪華たちに牙を剝く姿は呪詛に支配された獣そのものだったのに、解放された途端正気に戻るとは。

「追いかけて祓ったほうがいいだろうか」

「いいんじゃねぇの？　放っといても。あんだけ魂を削られてたら、人間に悪さをする間もなく消滅しちまうだろうよ」

　雪華と焔が話し合う中、先ほどまで布団でうなされていた娘がおもむろに上体を起こした。顔に血色が戻った娘は、自分の身に起こった出来事が飲み込めない様子で辺りを見回す。呪詛祓いの終了を悟った商人夫妻がバタバタと駆け寄った。

「おおっ、小春！　起き上がれるようになったのか！　具合はどうだ？」

「首を締め上げられるような息苦しさは？　胸にのしかかる重みはどうなったの？」

「お父様、お母様……。そ、そういえばすっかり良くなっています！」

　両手で首をさすった娘は昂揚した様子で頰を染めた。目を潤《うる》ませて抱き合う親子に雪華も安堵の息を落とす。ややあって娘から離れた商人が、表情を輝かせて雪華に近寄ってきた。

「いやあ、大したもんだ。呪術師なんてうさんくさいと思っていたが、街中の医者が匙《さじ》を投げた病《やまい》を治してくれた。君を紹介してくれた知人に感謝しないといけないな」

　そう言うと商人は、ジャケットから麻で編まれた小袋を取り出した。雪華の手にのせられた小袋はずっしりと重く、事前に提示した金額より随分と多く入っていると悟る。

「今日は宴《うたげ》だ。女中たちに腕をふるわせ、娘に栄養のあるものを食わせないとならん。君たちもこれでうまいものでも食ってくれ」

　機嫌良く告げる商人に、雪華はどう答えたらいいか分からず、小さな笑みだけを返した。長い年月をかけて日本国中を旅して回っても、口下手な性分は相変わらずだ。

　娘の闘病生活がいかに大変だったかを語る商人の前で、雪華はふと、依り代にされた狸のことが気にかかった。不憫な最期となったが、せめて安らかに眠ってほしいと雪華は祈るばかりだった。


　西洋化に突き進む都会と取り残される田舎《いなか》の落差は激しく、にぎわう通りを離れればほどなくして田園風景が広がった。なだらかな山は枯れ木に覆われ、春耕を待つ田畑はまだらに白く染まっている。今日は里山の中腹に残された廃寺を一夜の宿とする予定だ。

「いや～ただの気の良い金持ちかと思いきや、なかなかの狸オヤジだったよなァ、あのおっさん」

　愉快なものを見たとばかりに焔はニヤニヤと口許をゆるめた。一方の雪華は気落ちした様を隠せず、首をすくめて白い息をこぼす。

　鍛冶《かじ》職人に呪われた件について、商人はさも自分が被害者と言いたげな態度を取っていた。けれどよくよく話を聞いてみれば、商人が鍛冶職人に呪われたのは、長年つき合ってきた製鉄所との契約を一方的に切ったのが原因だったのだ。

そればかりでなく、今度は仕事の競合相手に呪いをかけてほしい、とまで商人は言い出した。もちろんすぐに断ったが、娘が散々苦しむ姿を見たはずなのに、なんの抵抗もなく他人を同じ目に遭わせようとたくらむ様に雪華は背筋が寒くなった。

「人間というのは哀れなものだな……。誰かを陥れる行為には、相応の報いがあるというのに」

自分の利益のために他人の不幸を願う気持ちが、雪華にはまるで理解できなかった。肩を落とす雪華に、焔は頭の後ろで手を組み軽い調子で返す。

「自分の痛みと他人の痛みはあくまで別物なんだろうなァ。人間の強欲さに比べたら、狐の腹黒さなんて可愛いもんだぜ」

呆れ笑いとともにそう言って、「でも」と焔は続けた。

「つけ入られる優しさを持つからこそ、商人の呪いが娘に転嫁しちまったんだろ。あんな父親のもとであっても、ちゃんと労《いた》わりの心を持った子が育つんだって分かっただけ、あの屋敷に行った意味はあったんじゃねえのか？」

飄々《ひょうひょう》とした口調ながら焔の言葉は的確で、後ろ向きになりがちな雪華の心をすくい上げてくれる。自分に対する態度は変わっても、心根の優しさは残っていると悟り、雪華はほっと肩の力を抜いた。

直後、胸に鋭い痛みが走った。痛苦は瞬く間に大きくなっていき、脈打つ心臓を鷲づかみされるような感覚に雪華は顔を歪める。

「っあ……う、ぐうぅっ……！」

強烈な胸痛に立っていることもままならず、雪華は地面に膝をついた。体の内側を無数の光が飛びかうのが分かる。呪詛払いの際には自らの意思で練り上げ力に変えたそれは、雪華の意思を無視して勝手に膨《ふく》れ上がった。器の許容量を超える大きさに……雪華の体を破壊しかねない量になっていく。

雨上がりの森のような、湿った土や木の臭いが雪華の鼻腔《びこう》をついた。

「やっぱり発作が出ちまったか。管狐になって廃寺まで運ぶか？」

四つん這いになってうめく雪華の姿にも動じず、焔はかたわらに腰を落とすとそっと背を撫でてきた。大きな手にさすられるだけで幾分か体のこわばりが解け、雪華は荒い呼吸の中、首を横に振る。

「あ、る……けるっ……肩だけ貸して、くれ……」

焔は雪華の訴えに「分かった」と答えて背に腕を回した。焔に体重を預けながら雪華はなんとか立ち上がり、おぼつかない足取りで再び歩き出す。

目的の廃寺は山の奥深く、木々に身を隠すようにひっそりとたたずんでいた。立てつけの悪い木戸を押し開け、雪華たちは講堂へ入り込む。仏像や仏具はすでになく、だだっ広い板敷きの寒々しい空間が広がっていた。焔が空を切るように手を動かせば、周囲にいくつかの狐火が灯り室内を暖める。

青白い顔で横たわる雪華のそばに焔がかがみ、上衣の胸紐をほどいた。前を開き、手慣れた様子で腰紐をゆるめる。節くれ立った男らしい指が器用に動く様子に、雪華はつい釘づけになってしまう。

「大丈夫。すぐ楽にしてやるから」

雪華の視線に気づいた焔は、幼子をあやすような声音で告げた。袴を脱がされる際に大きな手が太股に触れ、いたたまれなさから雪華は顔を背ける。幾度となく同じ行為を繰り返しても羞恥《しゅうち》は一向に薄まる気配がない。

焔は山高帽を床に置き、雪華に馬のりになった。長襦袢《ながじゅばん》の前をはだけさせ内側に手のひらをすべり込ませる。冬空の下を歩いてきたために指先は氷のようで、雪華は思わず身を縮こめた。

「冷たい？」

「ん、少し……」

目を合わせずにうなずけば、焔が首に唇を寄せてきた。ぬめった舌が首筋を這い鎖骨《さこつ》をたどっていく。今度は長襦袢の上に置かれた手が、薄い布一枚を隔《へだ》て雪華の肌を撫でた。女のようなやわらかさは一つもない、けれど男らしい硬さも持ち合わせない痩せぎすな体に、緊張を解かせるように丹念に触れる。

「は、ぁ……っあ……」

胸を刺す痛苦に乱されていた雪華も、長襦袢の上から胸の突起をいじられれば、徐々に吐息を濡らし始めた。親指と人差し指で挟み、こよりでも作るかのごとく乳首をよじった焔は、指先で布をどけると露出した粒に顔を寄せる。つんととがった桃色の突起を舐《な》められれば、淡い刺激が漣《さざなみ》のように広がって、雪華の下肢にたまらない欲を抱かせた。

「俺の手に集中しな。手と、唇と、舌と……そうだな、俺から与えられるすべてに」

露わになった平らな胸に焔が手を置く。もともと体温の高い手のひらはすっかり冷気が取れていた。

いまだ発作は続くのに、秋の月夜を連想させるなめらかな声は、呪文のごとく雪華の意識を絡め取る。顔を正面に戻した雪華がためらいがちに見上げると、焔と視線がかち合った。垂れたまなじりをさらに下げ、焔は頭部に生やした狐の耳をピクリと揺らす。

「良い子だな」

なんてことのない囁きに、照れと喜びの入りまじった感情が湧き起こり、雪華はさっと目許を赤らめた。どんな表情をすればいいのか分からず、情けなく眉を下げ直垂の袖で口許を隠す。

焔の手のひらは雪華の薄い腹をすべり、袴に指をかけて引き下ろした。ささやかな下生えとともに顔を出した中心は、なだめるような愛撫《あいぶ》にもしっかりと興奮を得て、浅ましく首をもたげる。雪華が視線をさまよわせる中、焔はやんわりとそこを手で包んだ。

「あっ、ぁ、焔っ……」

性器に他人の手が触れる快感に、雪華はたまらず焔のコートにすがった。何度か右手を上下されただけで雪華の欲望は育ち、先端を親指の腹でこねられれば、くちゅっと水音が響く。鈴口からあふれた先走りが焔の指に糸を引くのが恥ずかしい。

幹をしごいて雁首を撫で、緩急《かんきゅう》をつけた手淫《しゅいん》を施す焔が、前触れなく雪華から手をどけた。コートの襟元に指をかけるとボタンを外し、帽子の横へ脱ぎ捨てる。ふー、と息を吐いて焔は手の甲で額を拭った。波打つ前髪の間にうっすらと汗がにじむ。

「ほら、雪華も触って」

　そう言うと焔は雪華の手を取り、己の下腹部へと導いた。着物越しに触れたそこはすでに形を変え、雪華は思わず頬を燃やす。何度経験しても、焔が自分に欲情する事実に雪華は新鮮に驚く。自分なんかにと、戸惑うと同時に喜んでしまう。

　布の上から輪郭《りんかく》をなぞり、指で擦っていた雪華だが、すぐに我慢がきかなくなり着物の合わせ目に手を忍ばせた。着流しと長襦袢を掻き分け、熱を帯びた杭に直接指を絡ませる。つたないながらも手を動かして刺激すれば、焔がまつげを震わせた。大きな手で雪華の頭を撫で、左の口角を持ち上げる。

「いやらしい子だな。色欲なんて欠片《かけら》も持ち合わせていないような顔して、本当は夢中で男をまさぐる体を隠し持ってんだもんな？」

　笑い声を含んだ口調に、からかわれていると分かりつつも全身が沸騰しそうになった。雪華は着物の中に差し込んだ手を大慌てで引っ込める。

「おっ、お前が……！」

　触れと言ったんだろうとか、そういう体にしたんだろうとか、反論はいくらでも口にできた。けれど結局雪華はあふれそうな言葉を飲み込み押し黙ってしまう。

「言い返さねえの？　二人で街を歩いたり、飯を食ったりしてるときみたいに、キーキー突っかかってこねえのか？」

　焔の物言いはまるで雪華を試すようだった。日常の中で焔の軽口に応酬することはあっても、こうして衣服を剝かれ彼に触れられている間は、雪華はどんな些細な反抗も許されない気持ちになる。

気まずさから視線を外す雪華は、ドクドクと脈打つ心臓に顔を歪めた。快楽に流されていないとすぐさま胸痛に気を取られる。「おっといけない」と焔は鼻歌をこぼすみたいに言った。

「せっかく気持ち良くさせたのに痛みで萎《な》えちまうな。もうちょっとで終わるから、できるだけ力抜いて楽にしてろよ」

ふところから小瓶《こびん》を取り出した焔は、栓を抜き手のひらに液体を垂らした。とろりとした香油は花を煮つめたような甘い香りをただよわせる。それを指にまとわせた焔は、雪華の脚を割り開き狭間にある蕾《つぼみ》にあてがった。濡れた音とともに焔の指が後孔へ忍び込む。

「んっ、……っあ、」

体内を探られる心許なさに雪華は眉尻を下げた。にゅ、にゅる、と淫靡《いんび》な音を立てて焔の長い指が雪華の中を出入りする。

「痛い？」

「ぁ、んっ……い、いや……平気だ」

「そうだよな。雪華、浅いところをゆっくり撫でられるの好きだし、ここもちゃんと勃《た》ってる」

焔が反対の手を雪華の股の間にのばせば、確かにそこは上向いて性感を訴えていた。後ろに指を咥《くわ》えることが気持ちいいと体が覚えてしまっている。

（こんなの……決して恋仲としての睦《むつ》み合いではないのに）

内壁《ないへき》を掻かれ、押し込まれた指で肉をほぐし蕩《とろ》かされても、雪華の頭にはいつも冷めた考えが残った。拓《ひら》かれる悦びを知った浅ましい体に、快楽への期待はしても気持ちまでは求めるなと言い聞かせる。

湧き出しそうになるむなしさを胸の奥へ押しやって、雪華は自分の内股に手をかけ、自ら大きく脚を開いた。後孔は三本目の指をしゃぶり、与えられる刺激に腰が跳ねる。

「はあ、……っは……焔……もう、」

「ん。そろそろいいか」

着流しの袖をつまんでねだれば、焔の指が内側から引き抜かれた。焔が着物の下だけを乱して雄を取り出すと、太く勇ましいそれを、先ほどまで掻き回していた場所へあてがう。慣れ親しんだ大きさを求め、雪華の蕾はいやらしく吸いついた。

「挿《い》れるぞ」

情欲にかすれた声をこぼし焔が腰を進めた。焔の質量に合わせて拡がった後孔が、力強い肉杭をどんどん飲み込んでいく。

「ひぁ……っ、あ、」

どこにつかまればいいのか分からず、焔の着物の袖をぎゅっと握り雪華は喉を反らした。やがて臀《でん》部《ぶ》に腰骨がぶつかり、根元まで埋め切ったのだと悟る。昂《たかぶ》る体を落ち着かせるように長く息を吐いた焔は、雪華の胸に手をかざした。大切なのはここからだ。

「――これより反逆を以《も》って主の力を我が物とする」

ひそめた声で唱えられた焔の「宣言」に反応し、雪華の心臓が大きく跳ねた。同時に、雪華の胸に赤黒い痣《あざ》が浮き上がる。火傷にも似た四本指の、獣の足跡。

雨上がりの土や木の臭いが、より濃度を増して堂内に立ち込めた。同時に焔が腰を引く。結合が解かれる手前まで抜いたかと思いきや、間を置かず最奥《さいおう》まで一気に穿《うが》つ。

雪華の中で暴れ回っていた力が、結合した箇所からドッとあふれた。

「あッ……!!」

長大な肉杭で内壁を擦られる快感と、膨れ過ぎて行き場を失った霊力が体外に放たれる感覚。その二つが混ざり合い、強烈な愉悦となって雪華の意識をさらっていく。

堰《せき》を切ったように焔が腰を前後させれば、中を突かれるたびに霊力が漏れ出た。それらはすべて焔に吸収される。霊格が高い焔は雪華よりもずっと霊力が豊富なため、多少力を増したところで器が壊れる心配もない。

体を蝕む力が減ると必然的に胸痛が和らぎ、痛苦によって集中力を削がれない分、雪華はますます快楽に溺れた。勃起した中心は腹につきそうなほど反り返り、鈴口から透明な蜜をしたたらせる。

「あっ、あ、ぁあッ……も、むり、……出る、出るっ、ほむらぁ……」

白い肌を汗でしっとりと湿らせ、雪華は体の下に敷いた上衣に指を絡めて悶えた。直線的な動きや、円を描くような動きによって雪華の体内ははしたなく溶け崩れ、香油と焔の先走りによる粘着質な音を漏らし続ける。

「まだ……もう少し抜いておかないと。またすぐ霊力の流れに反応して発作が起きちまうだろ……？」

　顔の横に両腕をついて雪華を封じ込め、焔が唇で弧を描いた。贅を尽くした嗜《し》好《こう》品《ひん》を眺めるような、もしくは手《て》懐《なず》けた猛獣の腹を撫でるような、支配者の強烈な色香をにじませる微笑みだと思った。

　休む間もなく奥を穿ちながらそんな顔をされれば、我慢などできるはずがなかった。雪華は長い黒髪を振り乱し、体面を気にする余裕もなく懇《こん》願《がん》する。

「ひぅ、っあ、むり……おねがい、出させて……！」

　絶頂にあと一歩届かない性感を延々と与えられるのが恐ろしい。おねがい、おねがいと、子供のように繰り返す雪華に、焔は静かに目を細めた。頬にのる雪華の髪を指先で払う。

「仕方ねえな」

　玉の汗をこめかみに伝わせ焔が囁いた。雪華の細い体の下に腕を差し込み、逃げ場をなくすようにきつく抱いて激しく突き上げる。腹の間で性器が擦れ、雪華は焔の背に腕を回し身をしならせた。

「あっ、ァ……、あぁッ……！」

　ひときわ高い声で啼《な》き、雪華は中心から白《はく》濁《だく》した体液をあふれさせた。雄を飲み込んだ内部が蠕《ぜん》動《どう》するのが分かり、雪華の上で焔が顔を歪める。最奥へ切っ先を差し込んだ状態で焔が身を震わせ、雪華の中に精を吐き出した。

　土や木の臭いが薄まっていくのを感じながら、雪華は屋敷の中庭で焔と駆け回った日々を思い出した。あの頃抱いていた思慕の念は無垢なもので、実際にこうして焔と体を繋げる日が来るなどと、八尾家にいたときは考えもしなかった。

内側からずるりと雄を引き抜かれる感覚に、雪華は顎を上げ喉を反らす。すると焔の背に回したままの腕が目に入り、雪華は慌てて手を引っ込めた。

「す、すまない」

とっさに謝れば、焔はほんの一瞬だけ目をみはり、けれどすぐさま貼りつけたような笑みを見せた。軽薄そうに思わせて一分の隙もない、本心を丸ごと覆い隠してしまう狐の微笑みだ。細かな毛に覆われた太い尾が、焔の後ろでゆったりと揺れる。

「なにが『すまない』？」

聞き返された言葉が、動揺する雪華をますます萎縮《いしゅく》させた。

「うっかり焔にすがるような真似を……。そ、それ以前に、焔の手をわずらわせてしまったことも」

しどろもどろになりながら雪華は懸命に正解を探した。胸を破るような発作は治まったのに、自分が発した一言一言が棘《とげ》となって雪華の心を鋭く裂く。

六年前に焔から送られた呪詛は、変わらず雪華を蝕み続けていた。平常時は健康な成人男性と変わらないが、霊視をしたり呪詛を祓うために霊力を練れば、体内を巡る霊力の流れに反応し、その力を過剰に増幅してしまう。体を破りかねない量にまで膨れ上がった霊力は、心臓を握りつぶすかのような胸痛となって雪華を襲った。

呪詛によって起こる胸痛の発作をしずめるには、体の内側でとめどなくあふれる霊力を減らさなくてはならない。そのため焔に霊力を吸い取ってもらうのだが、管狐が契約主から霊力を奪うには、攻撃や陵辱《りょうじょく》といった反逆行為をともなう必要があった。

焔が雪華を抱くのは決して好意ゆえではない。呪詛によって増幅し過ぎた霊力を減らすための、いわば発作の治療に過ぎなかった。

(鈴蘭にも申し訳ない。私を苦しめる胸痛は、鈴蘭を死に至らしめた報いなのに……その痛苦を取り除いてもらうため、よりによって焔に私を抱かせるなんて)

傷ついた心から噴き出した罪悪感は、じくじくと膿《う》んで鈍い痛みを引き起こす。自虐的な気持ちで雪華は四肢を投げ出した。

(……せめて焔の性欲くらいは満たせていられればいい。私が果たせる役目はそれくらいなのだから)

雪華の謝罪に、焔は肯定も否定も返さず、ただ無言で顔を寄せてきた。とっさにまぶたを伏せるが、唇は額に重なっただけですぐに離れていく。

雪華が呪詛を受けて以降幾度となく体を繋げたが、焔が唇に口付けてくれたことは一度もない。それを寂しく感じる自分を、おこがましい、と雪華は叱責した。情事の最中の、雲の上を歩くような酩《めい》酊感《ていかん》は消え去り、汗とともに心が熱を失っていく。

憎まれ、呪われても、昔のように偽りのない愛情を注いでくれなくても、雪華の想いが色あせることはなかった。

優しい手つきで自分を抱く美しい狐に、雪華はいまだ恋をしている。

　里山と街を行ったり来たりしつつ、商家での呪詛祓いを終えてから三日後に、雪華たちは次の地を目指すことにした。街に架かる橋の袂で、雪華は荷車の行商と交渉する焔を待つ。

　竹細工の行商が身振り手振りをつけ品物を勧めるが、結局焔はなにも買わずに戻ってきた。

「お待たせ、じゃあ行こうか」

「めぼしいものはなかったのか？」

「俺も竹籠《たけかご》を買おうかと思ったんだが、負けても三十銭が限度って言われてな。どっかの誰かさんのお小言が怖ェから、やめとこって思って帰ってきた」

　焔はわざとらしく肩をすくめ目を細めた。守銭奴と言いたげな話しぶりに雪華はムッとする。

「旅に必要なものまで買い渋ったりしない。ただ焔は無駄づかいが過ぎるんだ。牛鍋が食べたいだの列車にのろうだの、流行《はや》りものにすぐ飛びつこうとして」

「当て所もない長ーい旅じゃん？　ちょっとくらい息抜きしたって罰は当たらないって」

「呪詛は祓うよりも呪いたいと願う者のほうが多いと、焔も知っているだろう？　私は祓いの依頼しか受けないから仕事が少ないんだ。だから常日頃から質素倹約に努めることで安定した生活を……」

「おっ、ありゃ牛乳の量《はか》り売りじゃねえか？　コーヒーに混ぜて飲むと滋養強壮《じょうきょうそう》に良いって聞いたぜ。ちょっと一杯試して、」

「だから！　そういうところだお前は！」

肩を怒らせて声を荒げる雪華に、焔が腹を抱えて笑った。相変わらず焔の手のひらの上で転がされているのがくやしい。

けれど自分とのやりとりの中で焔が楽しげな様子を示せば、見えない荷を背負い続ける肩が少しだけ軽くなるような気がした。同時に、自分を苦しめるために呪詛を送った焔が、昔と変わらぬ親しい兄貴分のような気安い笑みを見せる現状に、困惑も覚える。

焔は一人では満足に呪詛も祓えない雪華を助け、発作が起きれば膨れ上がった霊力を取り除く。それはきっと幼なじみとしての情が残っているからだろうと雪華は考える。

（どんなに私を恨んでいても、目の前で苦痛に悶える様を見てしまえば、焔はこの出来の悪い弟分を放っておけないんだ）

高い霊格を持ちながら、雪華のために眷属となる道を捨て、管狐として生きると決めたように。

「さーて、次は南にでも行くか？　今回は次の依頼先を紹介されてたからしょうがねえけど、やっぱこの季節に北に向かうのはこたえるよなァ」

白い息とともに二の腕をさする焔に、雪華は一度開きかけた口をつぐんだ。さらに東北を北上するつもりだっただけに焦りがつのる。当て所ない旅と考えているのは焔だけで、雪華には術師として管狐との契約を解き、焔を解放するという明確な目的があった。

焔に内緒で地道に情報を集めた雪華は、とうとう管狐の契約を解く手がかりをつかんだ。それが、旧陸奥《むつ》国にある廣尊寺という寺で若くして住職を務める、統慈という男だ。

三十代半ばである統慈は、幼少期に両親を亡くしたのち廣尊寺に引き取られた。早くから仏門に入った統慈は、老齢の前住職亡きあと、跡を継いで身寄りのない子供たちの面倒を見ているという。

（情報と言っても、ほとんど噂話みたいなものだが……。それでも訪ねてみる価値はある）

雪華は腹の上で拳を握り、北へ向かうための口実を必死に考えた。そんな雪華のもとへ、臙脂の着物をまとった女性が近づいてくる。

「あの、八尾様……でよろしいでしょうか」

少し離れた場所から遠慮がちに声をかけてきた女性は、幼い子供と手を繋いでいた。男児は一張羅《いっちょうら》と思《おぼ》しき上等な着物と袴を身につけているが、その上にはいかにも手製といった半纏《はんてん》を羽織っている。頭を手拭《てぬぐ》いで覆う男児はどこかで見た顔だった。

おずおずと進み出た女性が、雪華に向かって深々と頭を下げた。

「わたしはお嬢様のお祓いをしていただいた荻原《おぎわら》家に勤める者です。その節はお世話になりました」

「ああ、あの屋敷の……」

見覚えのある着物は女中としての仕事着らしい。だとしたら隣にいる男児は、女中部屋からこっそり雪華たちを観察していた志之輔という子供か。

「こちらは女中仲間の息子で、名を小原《おはら》……」

「小原志之輔と申しましゅる！　年は五つと相成りまちた！」

紹介と同時に自ら前に出た志之輔が、五本の指を広げ子供特有の高い声で名乗った。年のわりにしっかりした言葉づかいだが、口調は舌足らずなのが幼げで愛らしい。雪華は口許をゆるめ、志之輔の前に腰を落とす。

「そうか、挨拶が上手だな。私は雪華、一緒にいるのは相棒の焔だ」

目線を合わせた状態で雪華は丸い頭を撫でた。すると、手拭いの下でなにかがぽっこりと膨らむのに気づく。わずかに眉を上げる雪華に、女中は神妙な面持ちでうなずいた。

「人通りが少ない場所へ移動しましょう」

声をひそめた女中は、志之輔の手を引いて砂利だらけの河原へ向かった。橋の陰に入った女中は、どこからも人目が届かないと確認してから、志之輔の頭を覆った手拭いをゆるめる。

「八尾様にお声掛けしたのは、志之輔の頭を見てもらいたいからなのです」

白い布の下から現れたものに雪華と焔は目を丸くした。志之輔の頭にはもふもふとした獣耳が並ぶ。縁を黒で彩った灰褐色のそれは、間違いなく狸の耳だった。

「お嬢様のお祓いに来ていただいた日に、離れの女中部屋にいた志之輔が突然気を失ったんです。幸いすぐに目を覚ましたのですが、頭の上にこれが生えていて……」

丸みを帯びた三角形の耳がぴくぴく動く様に、雪華と焔は顔を見合わせた。作り物でもなんでもない、本物の狸耳だ。

「呪詛の依り代として娘の魂に囚われていた狸が、今度は自らの意思でこの子に憑いたということか？」

「だな。しっかし、せっかく自由を手に入れたのになんでまた……ん？」

顎に手を添えて志之輔を観察する焔が、不思議そうに首を傾げた。雪華も正面に目を戻せば、志之輔の視線が妙な部分を向いているのに気づく。くりっとした丸い目は、焔の顔ではなく、頭の上と腰の辺りを行ったり来たりしている。

焔は片眉を上げてしばし思案したのち、白金の毛に覆われた太い尾をゆっさゆっさと揺らした。途端に志之輔が目を見開く。あふれそうな声をこらえるように唇を結ぶが、両目は明らかに焔の尾を追って左右に動いていた。

「なーるほどォ。お前、俺の耳と尾が見えてやがるな？」

面白いものを見つけたとばかりに焔は口角を上げる。雪華同様、志之輔は人外の存在を目に映す力を持っていたのだ。

「そうか！　呪詛によって失われた力を補塡《ほてん》するために、この子の霊力を狙ったんだ」

商人の娘から離れた狸は、このままでは幾ばくもなく消滅してしまうと悟ったのだろう。だから自由の身になってすぐ、自分の魂を保つ手段を見つけるため部屋を飛び出した。

「呪詛に飲まれた振りをして、解放されたときに取り憑ける相手を探ってたんだろうな。呪術師によって殺されたただの狸ならここまで知恵が回るはずはねえ。こいつは初めから化け狸として人里を飛び回ってたところを呪術師に捕らえられたんだ」

　とんでもない奴を依り代に使ったもんだと、焔は呆れ顔で腕組みをした。経験のない展開に雪華は困り果てる。放っておけば、そのうち志之輔は化け狸に心も体も乗っ取られてしまうだろう。

「化け狸を剝がせるか？　焔」

「任せろって。昔から狸の好敵手は狐と相場が決まってんだ」

　余裕綽々といった調子で焔が狐の姿に身を変えれば、志之輔が「ひゃあ！」と声を裏返らせた。

「お、大きい狐でしゅる！」

「ああ、すごいだろう。なにも怖いことはしないから、ちょっとの間目をつむっていられるか？」

　志之輔の隣に腰を落とした雪華は、小さな背をさすりやわらかな声音で指示する。志之輔は言われたとおりにぎゅっとまぶたを閉じ、ご丁寧に両手で目を覆った。

　志之輔を怖がらせないよう焔は物音を立てずに近寄り、いつもどおり犬歯をのぞかせた。けれど志之輔の前に立ったまま、焔はためらうように口を開けたり閉じたりを繰り返すばかりで、一向に動こうとしない。人間に戻った焔は、首の後ろに手を当ててばつが悪そうに言った。

「駄目だ。とても剝がせる状態にない」

「え？」

「化け狸が志之輔クンの魂に絡みついてて、下手に嚙みつけば志之輔クンごと傷つけちまう」

　体に入ってきた異物は魂によって拒絶されるのが普通だが、どういうわけか志之輔の魂は化け狸を受け入れたらしい。焔の霊力を以てしても対処できないのであれば雪華に打つ手はなかった。

「ひとまず化け狸を祓う方法が見つかるまでこの街へ留まるか。お二方《ふたかた》には一度自宅へ戻ってもらって……」

「それはできません」

　今後の対策を練るべく口を開いた雪華に、成り行きを見守っていた女中がきっぱりとした口調で告げた。女中は気まずそうに視線をさまよわせたのち、志之輔に声をかけ雪華たちと距離を取らせる。急ぎ足で戻ってきた女中は、背後を気にしながら抑えた声で告げた。

「志之輔は、女中仲間と旦那様……あの屋敷の主人の間に生まれた子です。そのため子とともに屋敷に住み続けることを旦那様は許していたのですが、志之輔に獣の耳が生えたと知ると、旦那様は『今すぐ追い出せ』とわたくしどもに命じました」

　思いがけない事実の暴露《ばくろ》に雪華は目を見開いた。

「なぜです？　実の子であればなおさら心配するものなのではないですか。それに母親は？　抵抗しなかったのですか？」

「半年ほど前に病で亡くなったのです。旦那様は妾《めかけ》である女中を可愛がっていましたが、彼女の死を境に志之輔への態度を一変させました。奥様は志之輔を屋敷に住ませることに、以前から不満を表しておられたのです」

　商人が愛《め》でていたのはあくまで妾で、子供である志之輔に興味はなかったらしい。妾が亡くなってからの志之輔は妻の小言の種にしかならず、頭を悩ませていたところに志之輔の狸耳騒動が起こった。志之輔を追い出す良い口実にこそなれ、志之輔の身を案じて気を揉むことはなかったという。

「とんでもねえ身勝手な親父だな。そりゃァ呪いの一つや二つ飛ばされるわけだ」

女中の説明に、焔が不快感を露わに顔をしかめた。雪華も怒りで唇をわななかせる。血を分けた子に対する仕打ちとは思えない。

「それで、あの……見ず知らずのお相手に失礼を承知でお願いするのですが、」

迷いながらもそう切り出した女中は、今にも泣き出しそうな顔で深々と頭を下げた。

「青森《あおもり》と岩手《いわて》の境にある廣尊寺というお寺に、志之輔を連れて行ってほしいのです。和尚《おしょう》様は身寄りのない子供を引き取って育てていらして、名を統慈様とおっしゃいます」

彼女が告げた名に雪華は言葉を失った。まさか、と目をみはる雪華に、女中は心得顔でうなずく。

「お探しでいらっしゃいましたよね？　市庁舎で八尾様とお会いした際はすぐに出てこなかったのですが、あとになってあの統慈様のことではと思い至りました」

どうやら市庁舎での吏員とのやりとりを聞かれていたらしい。そういえば市庁舎内に、ダルマストーブで暖を取る女性がいた。彼女こそ今目の前にいる女中だったのだろう。

予想だにしない方面から統慈の手がかりを得て、雪華は驚きと感動で呆けてしまう。事情を知らない焔が「統慈？　って誰だ？」といぶかしげに目を向けるので、雪華は慌てて「父の知人なんだ」と適当な理由を述べた。

雪華たちが化け狸を逃がしたことから狸耳と尾が生えた志之輔。その志之輔の新たな住処として提案されたのが、雪華が探し続けた統慈の寺という奇跡。もはや雪華に断る理由などなく、震えそうになる手を固く握り、平静を装って焔に向き直った。

「幼い子供を連れての旅は気をつかうことも多いだろうが、化け狸を祓う方法を考えながら目的地へ向かえるという利点もある。……引き受けてもいいか？」

「ん？　ああ、もちろん。ご主人の決定に異論なんざねえよ」

　感情が波立たないよう慎重にうかがいを立てる雪華に、焔は拍子抜けするほどあっさり了承した。統慈のもとへ行くことに、志之輔を預ける以外の目的があるなどとは微塵《みじん》も考えていないのだろう。

「あ……ありがとうございます！　ほら、志之輔。こちらのお二人が、あなたを新しいおうちへ連れて行ってくれるわ」

　女中は目に涙を浮かべて歓喜し、志之輔を雪華たちの前に連れてきた。物怖《ものお》じしない印象の志之輔だが、長年生活をともにしてきた女中に突然別れを告げられては、さすがに泣き出すのではないか。そう危惧《きぐ》する雪華の前で、志之輔は小動物のような目で女中を見上げたのち、雪華たちに向き直りぺこっと頭を下げた。

「雪華しゃま、焔しゃま。よろしくお願い申し上げましゅる」

　予想以上の物分かりの良さに雪華も焔も面食らった。駄々をこねないのはありがたい限りだが、いささか子供らしさがなさ過ぎる気がする。

　しかしながら、とにかくやっと統慈に会える目途《めど》が立ったのだと思うと、雪華の心臓はドッ、ドッ、と音を立てた。感動や昂揚とは違う、安堵と焦燥と息苦しさをともなう複雑な感情が渦を巻く。

（憎むはずの相手を抱くのは、幼なじみとしての同情があってもつらいことだろう）

　だけど雪華の隣にいる限り、管狐として契約主に仕える限り、焔は雪華を見捨てられない。呪詛の発作にのた打つ雪華を、ざまあみろと捨て置けない。たとえ自分の意思で与えた苦しみだとしても。

（私は焔との旅を終えなくては。管狐としての契約を解き、焔をただの妖狐に戻して……焔を、自由にしてやらなくては）

　決意を新たに、雪華は太股《ふともも》の横で拳を握った。


　鉄道の発達によって数を減らしながらも、宿場町にはいまだぽつぽつと旅籠《はたご》が残っている。夕食を終えた雪華は、その一室で畳に腰を落とし志之輔と向かい合った。

　すみに布団が置かれた八畳の部屋を、行灯の明かりがぼんやりと照らした。中央に正座した志之輔はもう長い時間その姿勢を保っていて、さすがに集中力が切れてきたのかあちこちに視線をさまよわせている。膝を折り、護符を片手に祝詞を唱える雪華は、志之輔の様子に一度言葉を句切った。

「疲れてしまったか？　今夜はこれくらいにして横になろうか」

　責める風に聞こえないよう極力やわらかい声で告げたものの、志之輔ははっとした様子で視線を戻した。唇を引き結んで丸い頭を左右に振れば、動きにあわせ狸耳も揺れる。

「大丈夫にございましゅ」

「でも、」

「雪華しゃまがお祈りすると、志之輔の狸耳がなくなりましゅ。だからちゃんと我慢できましゅる！」

鼻息荒く宣言した志之輔は、腰の位置を直し大袈裟《おおげさ》なほど真剣に居住まいを正した。志之輔の言い分も分からなくはないが、子供の体力を考えれば、聞き入れていいものかと雪華は眉を下げる。

焔との旅に小さな新入りが加わり、五日が過ぎようとしていた。普段は節約に努め度々《たびたび》野宿を選ぶ雪華だが、子連れとあっては無茶できない。旅籠を利用したり、訪れた村の住民に頼んで小屋で寝かせてもらったりと、ゆっくり休める場所に宿泊するようになった。化け狸と志之輔の魂が癒着《ゆちゃく》している謎は相変わらず解けないものの、化け狸を祓う算段は徐々にまとまってきた。

狸の霊力は満月の夜に高まり、狐の霊力は新月の夜に高まる。志之輔から化け狸を祓うのは新月の夜を狙うのが最適だが、志之輔と旅を始めたのは新月が終わった直後で、次の新月が訪れるのは四週間後だ。それまでの期間は廣尊寺を目指しつつ、祈禱《きとう》によって化け狸の霊力を削ることにした。

とはいえ志之輔はまだ五歳なので、長い間おとなしくしているのは難しいだろう。そう踏んで短時間の祈りを毎日地道に捧げる計画を立てたのに、志之輔は思いがけない熱心さで祈禱にのぞむ。けれどふっくらとした丸い手を結び、雪華の前で背を正す志之輔は、どこか無理をしているように見えた。

雪華が返事に迷う中、帽子を脱ぎ着流し姿でくつろいでいた焔が、「よっこらせ」と腰を上げた。志之輔に近寄ると、脇の下に手を差し込み軽々と持ち上げる。

「ちびのくせに痩せ我慢なんかすんな。とっくに足が痺れちまってんだろォ？　尻の下で何度ももぞもぞさせて」

　呆れ声とともに暴露した焔は、志之輔の足に体がぶつからないよう、慎重な動作で膝の裏に右腕を入れた。志之輔を横抱きにし、畳に座り直す。

「今日はたくさん歩いたからもう寝な。足が良くなるまで抱いててやるからさ。寝床を準備してくれるか、雪華」

「分かった」

　行李《こうり》に護符を戻した雪華は、古着で作られたつぎはぎの煎餅《せんべい》布団を敷いた。手早く床をのべたのち、畳に膝をついて焔の前に腰を落とす。見破られたのが悔しいのか、志之輔は焔の膝の上で膨れ面《つら》を作っていた。血色の良い頬が丸く膨らむ様は、さながら大きな桃のようだ。

「……すぐに治りましゅる」

　いかにも拗ねた調子で唇をとがらせる志之輔に、雪華はうっかり笑わないよう鳩尾《みぞおち》に力を入れた。

「志之輔はえらいな。我慢強いし、私の祈禱も進んで受けようとする。狸耳もきっとすぐ取れるぞ」

　志之輔の矜持《きょうじ》を傷つけてはいけないと、雪華は意識して褒めちぎった。子供との会話に縁のない旅をしてきたため、それで機嫌を直してもらえるか不安だったが、雪華の言葉に志之輔は表情をゆるめる。もじもじと身をくねらせ、嬉しそうにはにかむ姿が微笑ましい。

(健気《けなげ》に頑張っている志之輔を、なんとか喜ばせてやりたいな)

　頭に浮かんだ考えに心が浮き立ち、そわそわした調子で雪華は口を開いた。

「そうだ、明日は人力車にのって少し大きな街へ行こうか。洋菓子店では様々な西洋の菓子が売っているると聞く。一緒に行ってみないか？」

　顔の前で手を合わせにこやかに提案すれば、いつになく楽しげな雪華がおかしいのか、焔もくしゃりと顔を崩して笑う。

「そりゃいい。珍しいんだぜェ？　雪華が人力車にのろうとか洋菓子を買おうなんて言うの」

「だからお前は、私を守銭奴かなにかみたいに言うなっ」

「はいはい、質素倹約なだけだもんな？　怒んなよォ、美人が台無し」

　揶揄する焔に反論しようとするも、あえなくかわされてしまった。いつもどおりのやりとりに、志之輔はどうしてかふいに笑みを消す。困ったように眉が八の字になったのはほんの一瞬で、志之輔は唇をきつく結んですぐに表情を引きしめ、誘惑を振り切るように首を横に振った。

「お菓子はいりましぇぬ。それに、志之輔はちゃんと歩けましゅる」

　思いがけない拒絶に雪華は困惑した。焔も眉を上げて瞬きする。

「なぜだ？　甘いものが苦手なのか？」

「志之輔は好き嫌いしましぇぬ」

「なあ志之輔、ビスケットって食ったことあるか？　煎餅よりもずっと簡単に噛める、ほんのり甘くて不思議な食感の焼き菓子なんだってよ。あとはそうだなァ、前に見かけたチョコレイトって名前の菓子も面白そうだった。甘みと苦みが混じった独特の味わいだとか」

「苦いと駄目だろう。子供向けじゃない」

「ああ、そっか。別に洋菓子じゃなくても、羊羹《ようかん》とか金華糖《きんかとう》とか、志之輔の好きなものならなんでもいいんだぜ？」

　志之輔の二の腕をさすり、焔は穏やかに語りかけた。普段の言動とは明らかに異なる調子に、雪華は思わず顔を上げた。志之輔に向けられた焔のまなざしは、子を愛でる父親のようにやわらかい。

「いりましぇぬ。志之輔はなにもいらぬのでしゅ」

　しかしどんなに言葉を尽くそうと志之輔は取りつく島もなく、頑《かたく》なに首を振るばかりだった。こうなっては雪華たちも為《な》す術《すべ》がなく、会話を切り上げ就寝の流れとなる。

　布団の中央に志之輔を寝かせ夜着《よぎ》をかけてやると、間を置かずまどろみ始めた。強がってはいたがやはり疲れていたらしい。志之輔を挟んで雪華と焔も身を横たえ、三人で川の字になる。

（そういえば日中どんなに歩いても、志之輔は決して弱音を吐かないな。おぶってやろうかと言っても、自分で歩くと言って譲《ゆず》らない）

　志之輔の肩まで夜着を引き上げると、焔がその上に手を置いた。一定の調子でぽんぽんと志之輔の胸を叩けば、微かな寝息が漏れ始める。雪華が目許をほころばせるのと同時に、ふっと息をこぼす音が鼓膜をくすぐった。顔を上げれば、焔は目を細めて志之輔の寝顔を眺めていた。

（なつかしい顔だ。焔のこんな表情を、昔はよく見た気がする）

軽薄そうな風貌からはかけ離れた安らかな微笑みに、雪華の目は釘づけになった。しかし突然顔を上げた焔は、雪華の視線に気づいた途端、ニヤリと意地の悪い笑みに切り替える。

「いくら俺が良い男だからって、そんなに見られちゃ穴が空いちまう」

「だ、誰が……！」

「おいおい、騒ぐと志之輔が起きちまうぜ。それにしても、雪華があんなに子供を可愛がるなんて知らなかったなァ。たくさん褒めてやって、喜ばせてやろうと色々考えたりして」

改めて指摘されれば照れくさくなり、雪華はおたおたと視線を泳がせた。幼少期から雪華はずっと面倒を見られる側で、誰かの世話を焼く立場になったことがほとんどない。そのせいか、自分よりも圧倒的に弱く幼い志之輔を前にすると、自分が守ってやらねばという使命感を掻き立てられるのだ。

「甘やかし過ぎだろうか。可愛いなと思って、ついあれこれ構ってしまう」

素直に心情を吐露すれば、焔の表情がふいにゆるんだ。志之輔に注がれたような優しいまなざしを向けられ、雪華の胸はどきりと音を立てる。

「いいんじゃねえか？　志之輔はほら、ちょっと複雑な家に生まれただろ。甘やかしてやるくらいでちょうどいいさ」

そう言って目尻を下げる焔の頭には、髪と同じ色の毛に覆われた狐耳が並んでいる。口をつぐんだ雪華は、二人の間にいる幼子に視線を戻した。

焔の狐耳は一般人の目に触れないのに、志之輔の狸耳が認識されてしまうのは、自分で制御できるかどうかの違いだろう。狸耳は志之輔のものではないので、志之輔の意思で隠すことができない。

（志之輔の妙な我慢強さというか、子供らしくないところは、自分の体が変化してしまう不安から来るのだろうか）

五日間寝食をともにして分かったのは、志之輔は決して引っ込み思案な性格ではないということだった。面識のない雪華たちとの旅を受け入れられる適応力があり、自分の意思を主張するのにも抵抗がない。けれど志之輔はどこか子供らしい好奇心を押し殺しているような印象を与えた。

自由に駆け回りたい、好きなものを食べたい。五歳児なら当たり前に抱く気持ちに、志之輔は強引に蓋をするような態度を取った。

志之輔の不安定さの原因が化け狸なら、雪華ができることは一つしかない。

「私が必ず化け狸を祓ってやるからな」

そう決意を口にする雪華だが、化け狸が志之輔の体を侵食する早さは予想以上のものだった。翌朝には志之輔の臀部に、先端が黒く全体的に丸みのある尾が生えていたのだ。

「まー袴の中に入れちまえば隠れるし、暖を取れるって意味じゃいいかもな。尻が温かそうだ」

志之輔を立たせ、袴の腰元からのぞく狸の尾をもふもふと撫でる焔に、雪華は眉をつり上げた。

「なに悠長なことを言っているんだ！　狸化が手まで及べば箸《はし》を持てなくなるし、顔まで狸になったらいよいよ隠すのが難しくなるんだぞ」

「箸が持てなけりゃ俺たちで食わしてやりゃいいし、顔が狸化したら……そうだなァ、俺のコートから顔だけ出させて抱いて歩けばいいんじゃねえか？　マタギから仕入れた狸をこれから襟巻きにするところですとか言って」

「馬鹿！」

まるで危機感のない焰に雪華は声を荒げた。祈禱で化け狸の力を奪う計画がうまくいっていないのかと思うと焦りがつのる。

「雪華しゃま。志之輔は、もうすぐ狸になってしまうでしゅか……？」

両手で狸の耳を押さえながら、志之輔は不安げに雪華を見上げた。本人の前で取り乱してしまった自分を恥じ、雪華は必死に心を落ち着かせて志之輔のそばにしゃがみ込む。

「大丈夫。志之輔を狸にはさせない」

自分に言い聞かせるように雪華が告げれば、志之輔も安堵した様子でうなずいた。

（とにかく狸の部位は、人目に触れないようにしなくては）

雪華は志之輔の頭に手拭いを巻くと、袴の中に尻尾を押し込んだ。焰とともに出立《しゅったつ》準備を整え、三人で旅籠をあとにする。

その日の志之輔は普段以上に良く歩いた。山を迂回《うかい》し麓の道を進むため、もっぱら田園風景が集落になるくらいしか景色の変化がないが、志之輔が「飽きた」と不満を漏らすことはない。五歳児の体力をかんがみて頻繁《ひんぱん》に休憩を挟んでも、水茶屋で一服する雪華たちの手を引いて出発を急《せ》かす。

「慌てると足をくじいたり転んだり、怪我をしちまうぜ？」

焔がたしなめても「大丈夫でしゅる」と聞く耳を持たず、どんどん先へ進みたがった。そんな速度ではすぐに疲れてしまうと思ったが、志之輔の頑固さに負けひとまず好きにさせることにした。午後にもなればいくらなんでも音《ね》を上げるだろう。

案の定志之輔の歩調は徐々に鈍り、凍雲《いてぐも》が黄色に色づく頃にはむっつりと口を閉ざし、しかめ面で足を動かすばかりとなった。さすがに心配になり、雪華は志之輔の前に回って歩みを止めさせた。

「志之輔。抱っこするからおいで」

腰を落として顔をのぞき込むも、志之輔は顎に皺を寄せて唇を結び、いやいやと拒んだ。

「なんでも一人でできましゅる」

半纏の裾を握る手は細かく震えている。志之輔の自立心を尊重したい気持ちはあるが、限界が来るまで消耗させては体調を崩しかねない。

どう返せばいいのか雪華が頭を悩ませていると、志之輔の後ろに立った焔がなんの躊躇もなく小さな体を抱き上げた。志之輔がぎょっとして背後を振り返る。

「ほ、焔しゃま！　志之輔は自分で……っ」

「ああ、なんでもできるな？　今日の志之輔はとっても頑張った。でも、俺がもう志之輔を歩かせたくないんだよ」

手足をばたつかせる志之輔を易々《やすやす》と腕の中に捕らえ、焔はのんびりした調子で告げた。暴れた拍子に志之輔の草履《ぞうり》が地面に落ちる。

「ほら、マメがつぶれて血が出てる。痛みを隠して歩いていたが、狐の嗅覚をなめちゃいけねえ」

焔の指摘に志之輔が体を硬直させた。白い足袋《たび》の裏、親指と人差し指の間が赤く染まる様に、雪華は顔をこわばらせる。弾かれたように立ち上がると、肩に提げた振り分け荷物をあさった。

「どうして言ってくれなかったんだ。志之輔に怪我をさせてまで先を急いでいるわけじゃないのに」

傷口に軟膏《なんこう》を塗るのが先か、まずは落ち着ける場所を探すべきか。慌ただしく周囲を見回す雪華の正面で、焔がおもむろに口を開く。

「不安だったんだよな。全身狸になったら、俺たちに冷たくされるんじゃないかって」

混乱と焦りで騒がしい頭が唐突に静まり返った。冷気が肌を刺す中、雪華は言葉もなく志之輔を見つめる。横抱きにされた志之輔は反対側に顔を向けているため、雪華の位置からは背中しか確認できない。

「ヒゲが生えて、手足が毛で覆われたら捨てられるとでも思ったのか？　俺だって狐の耳も尾も、体だって持ってるっていうのに？」

無理に表情をうかがわず、焔は志之輔の背をとんとんと軽く叩いた。いつものように冗談めかすことはなく、丁寧に志之輔の心をほどいていく。優しい手つきであやされ、志之輔は顔をうつむけた。

「旦那しゃまは、気持ち悪いと言いまちた。……獣の耳が生えてる奴は、山に帰れと言いまちた」

いつものほがらかな声とは明らかに違う、今にも消え入りそうな震え声が耳に届いた。雪華は心の淵《ふち》に鉛《なまり》の塊を投げ込まれたみたいに、胸がつかえてなにも言えなくなる。

「旦那しゃまは、もう志之輔に優しくしてくれましぇぬ。ちゃんと良い子にしてないと、志之輔は、志之輔は、……雪華しゃまや焔しゃまにも、きっ……嫌われてっ……」

「志之輔」

震えは声だけでなく丸まった背にも広がって、とうとう志之輔は嗚咽《おえつ》を漏らし始めた。たまらず制止した雪華は、悲しみに打ちひしがれた小さな背に手のひらを重ねる。温めるように何度も撫で、うなじに額を押し当てた。

「嫌いになったりしない。志之輔が祈禱に飽きて部屋を駆け出しても、あれが食べたいあの店が見たいと言っても、寺を目指す間に寄り道をたくさんすることになっても、絶対に嫌いになったりしない」

母を亡くし、父を父とも呼べない環境で育った志之輔は、心にずっと傷を負い続けていた。だからこそ雪華たちの手をわずらわせることを頑なに避けたのだ。大人に鬱陶《うっとう》しがられたら、自分はまた行き場を失ってしまうと思ったから。今度こそ一人になると思ったから。

狸になるのが怖いのではない。心を開いた相手に嫌悪されるのが志之輔は怖かったのだ。

「ほんとに……？」

恐る恐る振り返った志之輔は、目をしょぼつかせ大粒の涙を落としていた。しずくで絶えず濡れる頬を、雪華は指の腹で拭う。

「ああ。たとえ我が儘放題の子狸になったって、志之輔だったら可愛いに決まっている」

志之輔の健気さに胸がいっぱいになる。あふれる愛しさに雪華は淡い笑みをたたえた。びゃっ、と声をあげて志之輔は大泣きし、身をよじって雪華へ腕をのばす。雪華もその体を受け止めた。

泣きじゃくる志之輔を強く抱くと、こちらを見下ろす焔がまぶしげに目を細めた。守るべき存在に向けられる慈愛の表情に、雪華の胸は切なく軋《きし》む。

(……もう私には決して手に入れられない。焔のまっすぐな優しさも、慈しむまなざしも)

志之輔の頭に頬を寄せれば、焔が一歩踏み込み距離をつめた。雪華の肘に手をかけたかと思うと、正面から引き寄せられる。志之輔を抱きしめるためだと分かっていても、焔と身を寄せ合う状況に雪華の鼓動は跳ねた。

「雪華の言うとおりだ。俺たちの気持ちが変わることなんてあり得ねえから、安心しろよ、志之輔」

心臓が早鐘を打つ中、頭上から降ってきた台詞がふいに雪華の胸を刺した。なにも変わらないと志之輔に告げる自分たちの関係が、なによりも昔と変化してしまっている。

打ち寄せるむなしさに身を浸しながらも、雪華は「今だけだから」と自分に言い訳し、焔の肩口に額を寄せた。志之輔がいないと成立しない抱擁だとしても、焔に触れてもらえる喜びに胸が震える。

風に揺れる黒髪が火照った頬をくすぐる中、雪華は長いまつげを伏せ、すぐそばにある体温に酔いしれた。

二日ほど滞在した街を離れると、野山は一面の雪景色となっていた。木や土の境がなくなり、白い一枚布を被せたような風景が青空の下に延々と続く。

「雪華しゃま！　焔しゃま！　雪！　雪がいっぱいにございましゅる！」

先陣を切って進む志之輔が目を輝かせて振り返った。興奮のあまり尻尾を振り回しているようで、袴の裾がせわしなく上下する。今にも野に駆けて行きそうな志之輔を、焔が軽々と抱き上げた。

「うんうん、すごい雪だなァ。草履で雪の上を走ると足袋がびちゃびちゃになるから、藁沓《わらぐつ》を履いてからにしような？」

焔は左腕で志之輔を抱き、右手で草履を脱がせ雪華に目配せした。雪華もすぐに察して、縄で行李に引っかけていた志之輔の藁沓を外し、小さな足に履かせてやる。

「焔しゃまにはおだんごを作りましゅ。雪華しゃまにはウサギを作って差し上げましゅる！」

「雪うさぎか、楽しみだな。だが、あまり長い間雪を触っていると霜焼《しもや》けになってしまうからな？」

「はい！」

元気いっぱい返事をして志之輔は駆け出した。しかし大して進まないうちに、こんもりと積もった雪に足を取られ顔面から雪原に突っ込む。

「だ、大丈夫か!?」

動転する雪華の前で、志之輔はすぐさま身を起こし、ぷるぷると頭を左右に振った。

「ちめたーい！」

りんごみたいに染まった頬に、志之輔は両手を当てて破顔した。小さな手で雪をすくい頭上に放り投げれば、日に照らされた結晶が志之輔の顔前できらきらと輝く。

すっくと立ち上がった志之輔は、足場の悪さに苦戦しながらもまた少し先へ進んだ。適当な場所にしゃがむと、泥だんごを作る要領で雪を丸め始める。

「ちょっと前まであんなにかしこまってたのに、もうすっかり普通のちび助って感じだなァ」

雪華の隣に並んだ焔が、頭の後ろで手を組みのんびりと笑った。真剣な顔で雪を握る志之輔を、雪華もまた感慨深い思いで見つめた。

雪華たちに本音を吐露してからというもの、志之輔は自分の好奇心に蓋をしなくなった。祈禱に飽きれば勝手に動き出し、街で飴売りを見つけると雪華の袖を引いて連れて行く。その奔放さに振り回されることも多々あるが、志之輔の無邪気な笑みは、重苦しい枷《かせ》に囚われる雪華を癒《い》やしてくれた。

気がかりだった狸化も進行は見られず、尻尾が生えて以降志之輔の体に変化はなかった。

「頑なに良い子であろうとしたときよりずっといい。私たちと一緒にいることで、志之輔の寂しさを少しでも埋められたらいいな」

やわらかな吐息とともに雪華が微笑めば、焔がなにか思い立った様子で狐耳を立てた。まじまじと雪華を観察し、もう一度志之輔に目をやってから、焔は唐突に口許をゆるめる。

「似てる気がする、小さい頃の雪華に」

「私に……？　誰がだ？」

「志之輔がだよ」

思いがけない発言に雪華は目を瞬かせた。志之輔は素直で人懐こく、自分の幼少期とは似ても似つかない。

「……私は志之輔ほど愛らしい子供ではなかっただろう。卑屈で、自信がなくて、他人と関わることを恐れてばかりだった」

訥々と言葉を並べながら、人間の性根《しょうね》は何年経っても変わらないな、と雪華は苦笑した。霊力の少なさから生まれる劣等感は相変わらず雪華の中に巣食い、焔の隣にいる自分をいつまでも卑下してしまう。

けれど焔は雪華の卑屈さをからかうこともなければ、呆れ顔をするでもなく、ただ穏やかなまなざしを返した。ふいにのびてきた手が雪華の頭にぽんとのる。

「そんなことねえよ。純粋で、一生懸命で、自分の気持ちを押し殺してでも周りの期待に応《こた》えようと、雪華は必死でもがいてただろ。……ちゃんと見てたから知ってる」

決して雪華が誤解しないように、丁寧に優しくつむがれる言葉。なんのわだかまりもなかった頃と同じ声音で諭《さと》され、喜びと混乱に雪華の心は乱れた。着流しの袖に阻《はば》まれ、焔の顔が見られないことに、もどかしいようなほっとするような複雑な感情が湧き起こる。

八尾の屋敷を飛び出して以降、雪華も焔も、暗黙の了解があるかのように幼少期の思い出話を避けていた。どんなに昔をなつかしんだところで、心から信頼し合う関係には戻れない。それが分かっているからこそ、二人とも決して過去を振り返らなかった。

（だが志之輔が旅に加わってから、少しずつ焔の雰囲気がやわらかくなってきた気がする。昔みたいな……私を弟分として可愛がってくれていたときのような）

表面的にはうまくやっていても、焔と接するときの雪華は、凍った池の上に立つかのような心細さを抱えた。自分を呪う狐がなぜ優しくしてくれるのか分からず、焔の言動に別の意図があるのではないかと疑ってしまう。そのため焔の厚意を素直に受け取ることができず、卑屈で可愛げのない態度しか返せなかった。

けれど最近の焔は時折ふっと安らかな表情を見せるようになった。幼い雪華を守り、助けてくれた日々を思い起こさせる柔和《にゅうわ》な笑み。いまだ焔を想い続ける雪華が、それを嬉しく思わないはずがない。

（志之輔の存在に和んでいるから、ついでに私への態度もやわらかくなっているのか？）

子犬のように雪とたわむれる志之輔を見つめていると、道の先から一台の人力車が近づいてきた。台座にはコートをまとった紳士と、志之輔よりも二つ三つ年上と思われる少女が座っている。

少女は志之輔を指差し、隣の紳士になにやら声をかけた。通行の妨げにならないよう雪華たちは道の端に寄ったが、人力車は速度を落としすぐそばで止まる。

俥夫《しゃふ》が車を前に倒すと、若い紳士が先に台座を降りてきた。癖毛と丸眼鏡が特徴の男は三十半ばといったところで、上下を洋装でそろえているのがコートの合わせ目から見えた。落ち着きがあって品が良く、裕福な家庭の主人だろうと察せられる。

「こんにちは。可愛らしい雪遊びを見ていたら、娘も雪に触れたくなったらしくてね。少しだけご一緒させてもらってもいいかい？」

紳士の物言いは丁寧かつ控えめだ。丸眼鏡の奥の瞳は穏やかで、どこか人好きのする男だと思った。

「ええ。年の近い子と触れ合う機会がなかったから、きっと志之輔も喜びます」

「ありがとう、彼は志之輔くんというんだね。おいで、佳乃《よしの》。ご挨拶して」

やわらかな笑みをたたえた紳士は、台座に残る少女に腕をのばし横抱きにした。人力車から降ろされた佳乃は、年の頃七歳ほどだろうか。大きな人形のように紳士に抱えられたまま、佳乃はぺこりと頭を下げる。

「高瀬《たかせ》佳乃です。よろしくお願いいたします」

ぱっちりとした目が愛らしい佳乃は、華やかな着物に羽織をまとい、一本に編んだ髪をまとめた英《イ》吉利《ギリス》結《むす》びにしていた。高瀬はそのままの格好で膝を折り、娘が雪に手がのばせる距離まで近づけてやる。

着物が濡れないようにしているのだろうか、と考えていると、こそこそと寄ってきた俥夫が雪華たちに耳打ちした。

「高瀬様はここら一帯の土地を持つ地主でな。男手一つでお嬢様を育てていらっしゃるんだが、ほんのふた月ほど前から、お嬢様の足が急に動かなくなってしまったんだ。様々な医者を頼ってはみたものの、原因ははっきりしないとかで……」

決して過保護なわけではないと伝えたかったようで、俥夫はひそめた声で事情を説明した。雪華と焔は無言で高瀬親子に目をやる。

好奇心の赴くまま寄ってきた志之輔が、父の膝にのる佳乃に雪うさぎを見せた。でこぼこと不格好な雪うさぎだが、佳乃は「可愛い！　真っ白で綺麗ね」と褒めてくれる。高瀬もにこやかに相槌《あいづち》を打ち、幼子たちの交流を見守った。

温かい親子だと思うからこそ、佳乃を襲った原因不明の不幸に雪華は胸を痛める。

「呪詛の臭いは？」

俥夫に聞こえないよう声をしぼり焔が尋ねた。雪華も同じ原因を疑ったが、それらしい臭気は感じない。歯がゆさに唇を結び、雪華は無言で首を振る。

しばらくののち、高瀬が佳乃を抱え直し腰を上げた。

「そろそろ行こうか」

志之輔との距離が開くと、佳乃は不満げに唇をとがらせる。

「もう少し遊びたいです。久しぶりにお外に来たのだし……」

その訴えに高瀬は眉を下げ、弱ったような笑みを見せた。高瀬としても娘の願いを聞いてやりたい気持ちがあるのだろう。けれどわずかに沈黙したのち、高瀬は力なく首を横に振った。

「体に障《さわ》るといけないだろう？　特に、今はほら……なにが原因で悪化するか分からないし」

自分の足についての発言だと察し、佳乃は口をつぐんだ。高瀬のコートの上で手を結び、「……はい」と答える。二人のやりとりに、雪華はこのまま高瀬親子と別れていいのだろうかと自問した。

（病気が原因なのであれば私では手に負えない。だけど、疑いのある原因の一つをつぶすくらいは、私にもできるんじゃないか？）

　呪詛以外の、たとえば神々や妖怪の祟りという可能性もある。しかし高瀬がまじないの類いを嫌う人間だった場合、霊視をしたいと提案すれば不快感を抱かれるかもしれない。志之輔だって、せっかく出会った年の近い子供と楽しく過ごしたというのに、和やかな思い出が台無しになる。

　臆病風に吹かれてまごつく雪華の背に、大きな手のひらが触れた。顔を上げれば、焔が金茶の虹彩に雪華を映し、まっすぐにこちらを見つめていた。

「なんか考えてることがあんだろ？　やってみたらどうだ？」

　すべてお見通しとばかりに焔は口角を上げた。じわりと温もる落ち着いた笑みに、ためらうばかりの心がほどけていく。それでもあと一歩が踏み出せず、雪華は「でも」とこぼした。

「私の見当違いかもしれない。うまくやれるか分からないし、そもそも私の生業についてどう説明したらいいか……」

「雪華が言葉につまったときは俺が助け舟を出してやるよ。狐の口のうまさはよく分かってんだろ？霊視してみて、俺たちがどうにかできるもんじゃないなら、そのときは良い医者が見つかるよう祈るしかねえさ」

　雪華の言い訳一つ一つに解決策を提示し、焔は穏やかな声音で雪華から逃げ場を奪った。だけどそれは決して悪い方向へ導くためではない。失敗する未来を想像して逃げ出したら、きっと雪華は後悔する。それを分かっているから、雪華が勇気を持てるよう背中を押しているのだ。

「雪華はどうしたい？」

あとはもう踏み込むだけという位置に雪華を立たせながら、焔は決して強引に突き飛ばす真似はしなかった。大事な決断は自分でするようにと、最後には判断をゆだねてくれる。

背筋をのばした雪華は、凜としたまなざしを焔へ返した。

「私は、あの親子を助けたい」

自分自身へ宣言するように声に出し、雪華は人力車へのり込む高瀬親子のもとへ向かった。

　結論から言えば、佳乃の足から自由を奪ったのは、神の眷属である白蛇の祟りだった。

高瀬たちに事情を説明し、霊視を行った雪華は、佳乃の足に絡みつく白蛇を視た。心当たりがないか問えば、佳乃がはっとした様子で顔を青くする。ふた月前、父親とともに懇意にする神社の清掃を手伝った際、境内裏から姿を見せた蛇に驚き、佳乃はつい石を投げてしまったという。その蛇こそ、神社で祀《まつ》る神の眷属だったのだ。

　雪華が護符を当てて祈りを捧げれば、白蛇の影は呆気なく薄れ、二ヵ月の苦悩が嘘のように佳乃は再び歩けるようになった。

「もとより長く祟る気はなかったのでしょう。しかし眷属の機嫌を損ねたままでは、またすぐに動かなくなる可能性があります。できるだけ早く神社へ行き、神酒を供え謝罪の意を伝えたほうがいい」

一通りの説明を行い立ち去ろうとすれば、唖然としていた高瀬親子は慌てて雪華を引き留めた。

「是非お礼をさせてほしい」と懇願され、雪華たちは神社への参拝と謝罪に同行したのち、高瀬の自宅へ招待されることになった。

その屋敷は白亜《はくあ》の壁に焦げ茶の三角屋根がのった洋風建築の豪邸で、そろいの着物をまとった女中たちが多く働いていた。出迎えた使用人のもとへ佳乃が駆ければ、彼女らは目を丸くしたのち、佳乃を抱き上げてわんわん泣き出す。

「お元気になられて……、良かった、本当に良かったです……っ」

女中たちはみな、普段から佳乃を実の娘のように可愛がっていたのだろう。高瀬もその輪に加わって泣き笑いを浮かべた。感動的な光景に、雪華と焔は顔を見合わせて微笑む。

今晩の寝床として屋敷の一室を貸してもらえることになり、夜には女中たちが食卓いっぱいに豪華な料理を並べてくれた。高瀬親子との夕食のあとには、屋敷にそなえられた風呂でもらい湯をする。

女中に渡された小袖袴に着替えた雪華は、脱衣所で小袖のみをまとう焔に苦笑を見せた。

「これほど親切にしてもらえると、なんだか申し訳なくなってしまうな。私はただ自分の務めを果たしただけなのに」

焔は全裸でちょこまか動き回る志之輔をつかまえて、子供用の小袖を身につけさせると、床に片膝をつく姿勢で雪華に顔を向けた。ゆるやかに首を傾け、目許を和らげる。

「雪華にとっては当たり前の行為でも、高瀬サンにとっては心を尽くして礼をしたくなるほど嬉しかったんだろ。雪華はもっと自分の力を誇っていいと思うぜ。雪華に呪詛を祓われたことで、絶望から立ち直った人はたくさんいるんだからさ」

自分を過小評価しがちな雪華の心を、焔は丁寧な言葉ですくい上げた。幼少期のような穏やかで優しい一面を見せる焔に、雪華はふわふわと浮き上がるような気持ちを覚えてはにかむ。

高瀬の屋敷で平穏な時間を過ごした雪華だが、浴室を出て廊下を進み始めたところで胸を刺す痛みに歩を止めた。よろけて壁に手をつく雪華に、少し前を歩く志之輔が声を裏返らせる。

「雪華しゃま！　どうしたんでしゅかっ？　お胸が痛いでありましゅか？」

志之輔の隣にいた焔も振り返り、すぐに雪華へ駆け寄った。体を添わせて肩を抱く焔に、雪華は力なく身をもたれさせる。

「発作が出たんだな？」

「ん……」

霊視を行うために霊力を練ったことで、体内に宿る呪詛が反応してしまったらしい。普段よりは軽いものの、内側からあふれた霊力が雪華の体を痛めつける。志之輔の声に高瀬親子が部屋から飛び出してきた。

「具合が悪いのかい？　医者を呼ぼうか。今すぐ俥夫を走らせれば一時間ほどで……」

「職業病みたいなもんなんだ。安静にしてりゃ落ち着くよ。高瀬サン、このまま寝間に引き取ってもいいか？　それでできたら、ちょっとの間だけ志之輔の面倒を見ていてくれたら助かる」

焔の意図を察し、嘘だろう、と雪華は赤面した。なにも知らない高瀬は「任せてくれ」とうなずく。

しかし志之輔だけは焔の言葉を受け入れられなかった。

「志之輔も雪華しゃまを看病しましゅる！」

発作を起こした雪華を見るのは初めてなので、心配でたまらないらしい。鼻息荒く主張する志之輔を佳乃がなんとかなだめてくれて、志之輔は渋々ながら佳乃の部屋に移動した。雪華と焔は客用の寝室へ案内される。

窓から深紅の幕が垂れるその部屋は、手前に脚の長い円卓が置かれ、奥にはベッドと呼ばれる西洋式の寝台が二つ並んでいた。雪華は焔に支えられながらベッドに腰を下ろす。

「志之輔くんは佳乃と遊んでいるし、気にせずゆっくり休むといい。もし良ければ僕たちの部屋で志之輔くんを寝かせようか？」

「いや、いいよ。雪華の発作が落ち着いたら志之輔を迎えに行く」

焔との会話を終えると、高瀬は寝室を立ち去った。慣れない洋室で雪華は焔と二人きりになる。世話になった高瀬の屋敷で、同じ屋根の下に志之輔がいる中で焔に触れられるのだと思うと、どうしようもなくどぎまぎした。

「長く姿を消していたら志之輔がきっと不安がる。早く霊力を吸い取っちまおうぜ」

隣に腰を下ろした焔が雪華の腰に腕をのばした。普段ならおとなしく体を預ける雪華だが、今回ばかりは素直に従う気になれない。顔を背けいやいやとかぶりを振る雪華に、焔が「え？」と怪訝《けげん》そうな反応を返す。

「どうしたんだよ。いつもやってんだろ？」

「そ、うだけど、今日はちょっと……」

「放っといても良くなるもんじゃねえって雪華が一番分かってんだろ」

「ええと……じゃあ、せめて外に行かないか？」

「発作を起こしてふらつきながら屋敷を出るって？　絶対怪しまれるし、よほど悪いんだと思われて今度こそ医者を呼ばれちまうぜ」

「あ、ええっと、それなら、」

「雪華」

　往生際悪く言い訳する雪華を、焔が短くとがめた。沈黙の末観念した雪華は、白い肌を火照らせながらも焔に向き直り、眉を下げておずおずと口を開く。

「高瀬殿や志之輔が同じ屋敷にいる中で焔と交わると思うと、は……恥ずかしいんだ。厚意で貸してくれた寝具や寝間着を汚してしまうのも避けたい」

　焔にとってはただの治療でしかないので、さっさと挿入して雪華の霊力を奪い、発作が治まればそれでいいのだろう。だけど雪華にとって焔との行為は、想い人との情事に他ならなかった。他人の気配がある中で抱かれれば、うまく力を抜けず怪我をするかもしれないし、なによりいたたまれない。

両手で顔を覆いうつむく雪華に、頭上からくすりと笑い声が降ってきた。衣擦れの音がしたと思ったら、肩に大きな手が触れる。そのまま優しく引き寄せられ、腕の中にすっぽり収まる形で抱きしめられた。幼子を慰めるかのような手つきで焔が背を撫でてくる。

「交わらなきゃいいんだな？　雪華が出したもんでベッドを汚したりしなけりゃ」

「わ、私のだけではなく……っ」

「うん？　俺はその予定がねえから平気」

　どういう意味だ、と尋ねる間もなく、肩を押されベッドに仰向《あおむ》けにさせられた。のしかかってきた焔が顔を寄せる。雪華はとっさに目をつむるが、当然ながら唇への口付けは行われず、代わりに耳朶や頬へややわらかな感触が降り注いだ。

　小袖とともに襦袢の胸元を開いた焔は、雪華の肌に手を這わせた。早く済ませようと言ったわりに愛撫は丹念で、首筋を唇でたどりながら乳首をこね回す焔に、雪華はもどかしい思いで身をよじる。

「んっ、ふ……ぅんっ……」

　吐息を濡らして薄く目を開ければ、布団で眠るときよりも近い位置に天井が見えた。床より高い場所に身を横たえる感覚はなじみが薄く、雪華は戸惑うばかりだ。そんな雪華を他所に、焔は袴を下げて雪華の中心を露出させる。くたりと横たわる性器に指を絡め、揉むように刺激し始めた。

　焔は指で輪を作ると、敏感な雁首を何度もそこに出し入れさせた。下腹への刺激とともに、小さな胸の突起をねっとりと舐め上げられれば、反応を示さずにいることなど不可能だった。

「ぁ、……はあっ……、ほむらっ……」

頭の下の枕をつかみ、雪華は細かく身を震わせた。最低限の衣服だけを乱す状況が、いかにもやましい行為にふけっていると実感させ、倒錯的な快楽に目がくらむ。

雪華の中心が上向くのを確認すると、焔はおもむろに体を後退させた。どうしたのかと頭を持ち上げる雪華の前で、焔は再び上体を倒し下肢に顔を寄せる。

「声、抑えてろよ」

焔の吐息が膨らんだ欲望をくすぐった。まさか、と思ったときにはもう、性器を口に含まれていた。

「んッ、……！」

慌てて手で口許を覆い雪華は息をつめた。その間にも焔は幹に舌を絡めて性器を愛撫する。鈴口と舌を繋ぐ透明な糸は、唾液だけでつむがれたものではない。

「しゃぶるだけでも陵辱と見なしてもらえりゃいいが」

口淫の合間に独白を漏らし、焔はより深く雪華を咥え込んだ。形の良い唇が雄を飲み込む様はあまりに淫猥《いんわい》で、頭が沸騰しそうなのに目が離せない。湿った口腔の粘膜に欲望を擦られ、雪華はビクビクと脚を震わせた。雪華の白い太股を撫でながら、焔は花の蜜を舐め取るみたいに鈴口に吸いつく。

途端に雪華の内側で暴れる霊力がとぷりとあふれた。焔の呼吸に従い、勃起した性器から唇へと力が流れ出ていくのが分かる。射精に似た感覚に雪華はひどく焦り、空いている手で敷布を握り締めた。

「んぅ、んんん……っ！」

胸痛からの解放と性器へ与えられる快感が一緒くたになり、雪華は背を仰け反《の》らせて悶えた。気を抜けばすぐにでも焔の口へ放ってしまいそうだ。引き剝がそうにも両手は塞がり、雪華は必死で嬌声《きょうせい》を押し殺しながらベッドの上で乱れる。

雪華の限界を悟れない男ではないのに、焔は根元に指を絡め激しく中心をしごき立てた。同時に先端を強く吸われ、雪華はたまらず腰を震わせる。

「ふ、っ……、ん、っん、んーッ……！」

煮つめられた濃い快楽が、雪華の中央を駆け破裂した。霊力だけでなく、今度こそ雪華は鈴口から精を放つ。それを焔が口腔で受け止めた。一滴残らずしぼり取るように、性器に手を添え飲み下す。

ようやく焔が身を起こす頃には、雪華はベッドに四肢を投げ出し脱力しきっていた。濡れた唇を手の甲で拭い、焔がニヤリと口角を上げる。

「ほら、どこも汚さなかっただろ？」

悪戯めいた表情に、ずるい、と雪華は胸の内で子供じみた悪態をついた。垂れたまなじりに色香が灯る様に、腹立たしいくらい見とれてしまう。

このまま挿入されるのかと思いきや、焔は手際良く雪華の衣服を整え始めた。小袖の胸元を合わせ袴の腰紐を結び直す焔を見て、雪華は呆気に取られる。すっかり着物をもとに戻し離れていこうとするので、雪華はとっさに上体を起こし、焔の小袖に手をのばして引き留めた。

「最後までしない、のか？」

遠慮がちな問いに、焔は訳が分からないといった様子で瞬いた。

「雪華が言ったんだろ？　志之輔も高瀬サンたちもいる屋敷でするのは落ち着かないって」

「そ……うだが、だけどまだ、」

「まだ？　もしかして発作が残ってたか？　やっぱ口でするだけじゃ奪える霊力の量が少ねえか」

「違う。体調は良くなった。そうじゃなく、焔にはまだなにも返せていないのにと思って」

狼狽したまま口にすれば、焔がふいに表情を消した。長い尾をベッドに落として沈黙したのち、雪華の正面にあぐらを掻く。普段の軽薄な調子とは異なる真剣な顔つきに、雪華は胸が高鳴るやら戸惑うやら、心の内が慌ただしくなる。

「どういう意味だ？」

焔の声音は固く、狐耳は行儀良く起立して雪華の返事を聞き漏らすまいとしている。予想外の反応に雪華はたじろぐが、まっすぐに突き刺さる視線はどんな誤魔化しも許す気配がない。やがて雪華は意を決し、胸に留めていた思いを正直に打ち明けた。

「発作を抑えるために、私ばかりが施されるのでは割に合わない。私の体で少しでも性欲を満たせるなら、焔にもまだ得があると思えたが、今日のはちっとも……」

「はあ？」

いたく不機嫌な声が返り、雪華はびくりと体を揺らした。不満げに眉を寄せる焔と視線がかち合う。

「じゃあ雪華は、俺が性欲処理のためにお前を抱いてると思ってたのか？　今までずっと？」

棘のある物言いに雪華は怯んだ。おろおろと視線を泳がせる雪華に、焔は盛大なため息を漏らす。渦巻く感情を散らすみたいに荒く頭を掻いた焔は、短い沈黙ののちに雪華の二の腕を捕らえた。強く引き寄せて自分の肩へ頭をもたれさせる。後頭部に回った手が雪華の黒髪をくしゃりと撫でた。

「見返りなんて求めてない。雪華の苦痛が和らぐなら、俺はそれでいいんだよ」

熱のこもった囁きに、雪華の鼓膜は切なく震えた。髪に指を差し込みゆったりと梳く焔に、雪華もようやく焦りが追いつく。じわじわと頬を赤らめて視線を落とし、されるがままの体勢で硬直した。

(どうしてこんな……これではまるで、甘やかされているみたいじゃないか)

焔が発作をしずめてくれるのは、自分の欲望を満たすという利益があるからだと思っていた。雪華に穏やかなまなざしを注ぐようになったのは、志之輔を可愛がるついでだろうと考えていた。だが前者は憤りを露わに否定され、後者も今まさに、志之輔がいないにもかかわらず優しく抱きしめられていることで否定されてしまった。

恋慕する相手に甘い愛撫で溶かされ、すべてを受け止めるような抱擁で包まれる。そんな状況に天にも昇りそうな心地となる一方、焔の本意が見えない不安が雪華の胸を軋ませた。

(だって焔が、私を呪ったのだろう……?)

自分を憎むからこそ呪詛を送ったはずの焔が、自分を癒やし労るという矛盾。それを問いただしたい気持ちはあるが、焔の気に障る発言をして、二度と触れてくれなくなったらと思うと怖かった。

管狐の契約を解けば焔との旅は終わりを迎える。だからせめて最後の瞬間までは、できる限り幸福な思い出に浸っていたい。雪華はまぶたを伏せ、胸の奥でわだかまる思いに気づかない振りを決め込んだ。

　しばらくそうやって身を寄せ合ったのち、焔はゆっくりと体を離した。

「発作のせいで汗掻いただろ？　手拭いを濡らしてくる」

　ベッドを降りた焔は扉を開閉し廊下へ消えた。残された雪華は、焔が触れた右肩をそっと撫でる。そこは手のひらの形を焼きつけたみたいに熱を持っていて、雪華はむずがゆい心地で唇を結んだ。

　間もなくして廊下を駆ける慌ただしい音が聞こえてきた。焔にしては軽い足音に、雪華はぱちぱちと瞬く。勢い良く開かれた扉の先には、大きな目をさらに見開いた志之輔がいた。

「雪華しゃま、大丈夫でしゅるか!?」

　大慌てで近寄った志之輔が、ベッドの端にしがみつくようにして雪華を見上げる。後ろから続いた焔が、顔の前に片手を立てて「悪い」と苦笑した。

「抜き足差し足で廊下を歩いたんだが、佳乃チャンの部屋の前でうっかり見つかっちまって。雪華はどこだ、具合は大丈夫なのかと質問攻めに遭った」

「もう痛い痛いはなくなりまちたか？　志之輔が撫で撫でして差し上げましゅる」

　眉を八の字にした志之輔は、一生懸命背のびをして雪華の胸をぽふぽふと撫でた。すでに発作は治まったというのに、小さな手がのった場所がきゅうっとしぼられるような心地になる。雪華はたまらず志之輔の脇に手を差し込むと、抱え上げて膝の上にのせた。

「ああ、志之輔が撫でてくれたからすっかり良くなった。どうもありがとう」

幼い体を抱きしめ頭に頬擦りすれば、春のひだまりのような匂いがした。志之輔も雪華を抱き返し、嬉しそうに胸に頬を寄せる。その様子に焔も微笑みをたたえ、雪華の隣に腰を下ろした。

「志之輔のおかげだな」

肩に腕が回されたかと思うと、そのまま焔に抱き寄せられた。志之輔を抱いたまま雪華は焔の肩口に頭をもたれかけさせる。焔と志之輔と、三人で身を寄せ合う幸福に、雪華は密かに息を漏らした。

（まるで焔と夫婦になったみたいだ……）

そんな風に考えてすぐ、雪華はおこがましい夢想をする自分を責めた。本来ならば鈴蘭のためにある場所に、のうのうと居座って焔の優しさを得る自分の、なんと恥知らずなことだろう。

（すまない、鈴蘭……。でもあと少しだけ……焔と志之輔のそばで安らぎを得ることを許してほしい）

罪悪感に胸を刺されながら、肩や頬に触れる温もりを感じ、雪華は押し寄せる切なさにまぶたを落とした。


翌朝、広間で旅荷をまとめる雪華と焔のもとへ、高瀬がいそいそとやって来た。手には竹皮の包みを持っている。

「台所へ行って握り飯を作ってもらったんだ。昼にでも三人で食べてほしい」

柔和な笑みとともに差し出され、雪華は喜び半分、申し訳なさ半分で眉を下げた。

「すでに散々心を尽くしていただいたのに、さらなる気づかいまでさせてしまい申し訳ありません」

決して難しい祈禱を行ったわけでもないのに、高瀬からの礼は過ぎるほどだ。そう思ったが、雪華を見つめる高瀬はゆるやかに首を振った。

「佳乃は僕の宝物だ。一時は心を陰らせた僕たちに、君たちは再び希望を与えてくれた。いくら礼をしたって足りることはないよ」

確固とした芯の通った言葉に、雪華は昨夜焔に言われたことを思い出した。

『雪華が呪詛を祓われたことで、絶望から立ち直った人はたくさんいるんだからさ』

八尾家の呪術師を務めた頃の名残《なごり》で、雪華は今も呪詛祓いの儀を軽い・重いで判断しがちだ。けれど祓うのが難しいかどうかにかかわらず、呪詛や祟りを祓われた人のすべてが、呪われる以前のような明るい表情を取り戻している。

後悔ばかりの人生を雪華は歩んできた。だけど自分が清祓師になったことで誰かに光をもたらすことができたなら、悩み苦しんだ日々にも意味があるのではないか。そんな風に思い、雪華は表情をゆるめて竹皮の包みを素直に受け取る。

「ありがとうございます。高瀬殿のお心づかいに感謝いたします」

二人のやりとりを聞きながら、焔もまた穏やかなまなざしを雪華に向けた。面映《おもは》ゆい気持ちで焔に視線を返すと、同時に部屋の奥から佳乃のにぎやかな声があがる。

「それはねえ、石榴石《ざくろいし》。真っ赤でぴかぴかで綺麗でしょう？　藍玉《らんぎょく》も涼しげで素敵なのよ」

壁際に配置された飾り棚のそばで、佳乃が手のひらに石の欠片《かけら》をのせ、一つ一つ指差して説明した。正面からのぞき込む志之輔はそれらを熱心に見つめる。

「佳乃は美しい石を集めるのが好きでね。宝石としては価値のないような傷物や欠片を、貿易商から安値で譲ってもらっているんだ」

「へえ……」

高瀬の説明にうなずきながら、雪華は意外な思いで志之輔の横顔を眺めた。志之輔は静かなものよりも動きのあるものに興味を惹《ひ》かれがちなので、石に興味を持つのは予想外だ。

たじろぐほどの集中力で石を凝視《ぎょうし》する志之輔が、おもむろに口を開いた。

「志之輔、これが欲しいでしゅ」

突然の発言に雪華は仰天した。焔も目を丸くし、二人で志之輔のもとへ飛んでいく。

「なーに言ってんだよ、志之輔。それは露店で売ってる飴細工とはわけが違うんだぜ？」

「そうだぞ。それは佳乃ちゃんの宝物だから、ねだったりしてはいけないんだ」

菓子を欲しがるような感覚で口にしたのだろうと、雪華と焔は苦笑混じりに志之輔を止めた。しかし志之輔は瞬き一つせずに佳乃の手のひらを見つめ、はっきりと首を横に振る。

「嫌でしゅ。志之輔、この白い石が欲しいでしゅ」

志之輔が指差したのは乳白色《にゅうはくしょく》の欠片だった。もとの石から割れて小豆《あずき》ほどの大きさとなっているが、中央だけが青く輝く様が美しく、鉱石に詳しくない雪華でも惹きつけられる魅力がある。かといってもちろん、気楽に欲しがっていい代物ではない。

「駄目だっつってんだろ？」

焔が眉尻を上げ、志之輔の脇に手を差し込み佳乃から引き剥がした。すると志之輔は足をばたつかせて暴れ始める。

「やぁーでしゅ！　志之輔、白い石がないと嫌でしゅ！」

いつになく取り乱す志之輔に雪華は唖然とした。雪華たちに心を開いてからは子供らしい我が儘を言うこともあったが、駄目だと言い聞かせれば、志之輔も不満げながら自分の心と折り合いをつけていた。こんな風になにかに執着し、我を忘れる志之輔は初めて目にする。

きゃあきゃあと声を荒げる志之輔を、佳乃は呆気に取られた様子で見つめていた。手の中の石に視線を戻したのち、白い石をつまんで志之輔に差し出す。

「いいわよ。志之輔くんにあげる」

思いがけない台詞に、雪華と焔は「えっ」と声をあげた。高瀬も驚いた様子で佳乃に近寄る。

「いいのかい？　月長石《げっちょうせき》は佳乃のお気に入りだっただろう」

「いいのです。志之輔くんに会わなかったら、雪華様に足を治してもらうこともできなかったので。わたしもなにかお礼がしたいのです」

父を見上げる佳乃の顔は晴れやかだった。焔の腕から逃れた志之輔が佳乃のもとへ駆け寄る。青白く輝く石を手のひらにのせてもらった志之輔は、その小さな粒を食い入るように見つめた。

「ごめんなァ、気をつかわせちゃって。ほら、ちゃんとありがとうをしろよ、志之輔」

　焔に肩を叩かれ、志之輔がようやく視線を上げた。

「どうもありがとうございましゅる」

　いつもの弾む声音とは違う、落ち着きはらった口調で礼を述べ、志之輔はにっこりと笑んでみせる。

雪華はざわざわとした違和感が背を駆けるのを感じながら、志之輔の幼い笑顔に不信感を抱く理由が、自分にもうまく説明できなかった。


　二月も終わりを迎えようというのに、北国はいまだ深い雪の中にいた。二十日ほどの移動を経てついにたどり着いた廣尊寺は、青森と岩手の境にある、山の中腹に建つ寺だった。本堂に行くには、山道を進んだのちに千段を超える長い石段を上らなくてはならない。

　先陣を切って階段を進む志之輔は、笠と簑《みの》をまとい藁沓を履いている。右手を雪華と繋ぎ、反対の手は頭の上に立てて、一段ずつぴょこぴょこと跳ねた。

「ウサギはー、ぴょーんぴょん！　ってするでしゅよぉ」

「そうだな、ぴょんぴょんだな」

「雪華しゃまはー、なんの動物がお好きでしゅか？」

「んん……、幼い頃に会った狗神が優しくしてくれてな。それが嬉しかったから、私は犬が好きかな」

「じゃあ次はわんこにしましゅ！」

嬉々として答えた志之輔は手を尻に添え、尾に見立てて左右に動かした。袴の腰元から実際に尻尾が飛び出て半纏の裾からのぞき、手とともに揺れるのが面白い。ふふ、と雪華は思わず笑ってしまう。

雪華の反応に志之輔はぱっと顔を輝かせ、繋いだ手を大きく揺らした。

「お寺、もうすぐ着きましゅねえ。志之輔は、雪華しゃまと焔しゃまと、修行しながらお寺で暮らすでしゅね」

無邪気な笑みにぎくりとして、雪華は言葉をつまらせた。焔も焦ったように唇を結び、首の後ろに手を当て思案する。「あー……」と間を繋ぐような声を漏らしたのち、焔は咳払いをして口を開いた。

「せっかくだから狐の真似もしてくれよ、志之輔」

廣尊寺に来た理由を正直に打ち明けるのだろうか……と内心ヒヤヒヤしていた雪華は、焔の台詞に安堵するのと同時に、肩すかしを食らったような気分となった。なにも知らない志之輔だけが、焔の要望に意気揚々とうなずく。

「承知しまちた！　えーっと、ええと……こんこん！」

志之輔が再び頭に手をやって耳の代わりにすれば、焔が悪戯めいた表情を見せた。

「狐の鳴き声はこんこんじゃないんだぜェ？　猫と犬の中間みたいな声で鳴くんだ」

「そうなんでしゅかっ⁉」

得意げに語る焔に、目から鱗《うろこ》といった様子で志之輔が声を裏返らせる。二人を微笑ましく見守りながら、志之輔の勘違いを正せずにいる現状に、雪華は罪悪感と焦燥をつのらせた。

新しい家に連れて行く、と説明された志之輔は、そこに雪華と焔も同居するものと考えている。大人に嫌われないよう気を配っていた頃は、一人にされても「寂しい」と駄々をこねることなどできなかっただろう。だが今の志之輔であれば、自分たちとの別れを知ったとき、大きな衝撃と悲しみを味わうはずだ。

置いて行かれると知って大泣きする志之輔を想像すると、雪華は胸がつぶれそうになる。それ以前に、志之輔に別れを告げる瞬間を思い浮かべるだけで、自分のほうがまいってしまいそうだ。天真爛《らん》漫《まん》で愛らしい志之輔と過ごす時間は、鈴蘭を亡くして以降穴が開いていた心を、温かな気持ちで満たしてくれた。

「もうすぐこの旅が終わるなんて嘘みたいだよな」

無邪気にはしゃぐ志之輔を見つめ、焔がぽつりと漏らした。志之輔の手前明言を避けたが、「この旅」とは志之輔との三人旅を指すのだろう。

「寺まで無事に送り届けて、化け狸退治をしたら俺たちはお役御免、くらいの気持ちで引き受けたんだがなァ。……なんだかもう、家族みたいな気持ちになってきちまったから」

志之輔に対し離れがたい気持ちを抱くのは焔も同じようだ。寂しげにつぶやいて無垢な横顔を見つめる焔に、雪華は複雑な気持ちでいた。志之輔だけではなく、廣尊寺を去る頃には雪華との別れも同時に訪れることを、焔はまだ知らない。

（本当に別れられるのだろうか。志之輔と、……焔と）

八尾の屋敷を飛び出した直後は、焔を解放するという決意は揺るがないと思っていた。自分の隣にいる限り焔に心からの笑顔が戻ることはない。そう考えたのに、志之輔が旅に加わってからの日々はあまりに穏やかで、このまま三人で幸せに暮らしていけるのでは……などと勘違いしそうになる。

ぐらぐらと揺らぐ心を持て余す中、目の前で志之輔が笠に手をのせた。まるで誰かを呼ぶみたいに、笠の表面をとんとんと叩く。

「おたぬはなんの動物が好きでしゅか？」

見えない相手に話しかけるような言動に、雪華と焔は顔を見合わせた。不思議に思う雪華たちを他所に、志之輔は目を上向けて口を閉ざした後、楽しそうにケラケラと笑う。

「コオロギは動物じゃないでしゅ！　虫さんでしゅるよ！」

志之輔は相手の返事がおかしくて仕方ないという様子だった。幼子特有の一人遊びなのだろうが、随分具体的な会話を妄想するものだ。

やがて長い階段を上りきり景色が開けた。三人の目の前に、雪化粧をした木々で囲われた境内が広がる。威風堂々のたたずまいで正面に建つのは銅屋根の講堂で、右手には入母屋造《いりもやづくり》の本堂が、左手には三重塔が建っていた。奥には宿坊《しゅくぼう》と見られる建物もあり、そこで身寄りのない子供たちが寝泊まりしているのだろうと想像できる。

初めて寺を目にした志之輔は興奮を抑えきれず、ウサギを真似たときのように軽快に跳ねた。

「ここが志之輔たちの新しいおうちでしゅる！」

喜びを爆発させる志之輔は、着地した途端派手に足をすべらせた。前のめりになる志之輔の半纏を、焔がぐいっと引っ張り上げる。

「こーら、雪道ではしゃぎ過ぎ。それに寺院で騒ぐもんじゃねえの」

焔に叱られ、志之輔はしょんぼりと肩を落とし「ごめんなしゃい……」と謝った。志之輔の声が届いたらしく、講堂の板戸が開いたかと思うと、僧侶と子供たちが顔をのぞかせる。

僧侶は七歳から十歳ほどの子供を三人引き連れ、雪華のもとへやって来た。黒の法衣《ほうえ》に、折五条《おりごじょう》と呼ばれる細長い緋色《ひいろ》の袈裟《けさ》を首にかけた三十代半ばの男は、剃髪《ていはつ》済みの坊主頭だ。糸のように細い目が特徴の穏やかな面立ちで、雪華の前で足を止めると丁寧な所作で頭を下げる。

「初めまして。わたくしは廣尊寺で住職を務める統慈と申します」

深みのある丸い声質で告げられた名に、雪華は人知れず息を飲んだ。ずっと探していた相手に会えた感動と、自分と焔の関係を終わらせる存在に対面したことへの衝撃が、同時に雪華を襲う。

乱れた心をなんとか落ち着かせた雪華は、志之輔の背に手を当ててそっと前に押し出した。

「私は日本国の各地を旅する雪華と申します。この子は廣尊寺に住まわせてもらえないかと連れて来た子で、名を……」

「小原志之輔でしゅる！　どうぞよろしくお願い申しましゅる！」

力いっぱい挨拶をした志之輔は勢い良くお辞儀をした。その途端、頭の上から笠がずり落ちる。石段の上で散々跳ね回ったせいで顎紐がゆるんでいたらしい。おまけに体を深く折ったことで半纏がずり上がり、裾から尻尾まで露出してしまう。

「あー！　たぬき！」

目を丸くする統慈の後ろから一人の男の子が飛び出し、志之輔を指差して甲高い声をあげた。雪華は慌てて腰を落とし、志之輔を抱きしめ全身を使ってその身を隠すが、時すでに遅しだ。

「見て見て、尻尾も生えてるよ！」

「ほんとだー！」

雪華を囲んだ子供たちは、志之輔を観察し狸の部位を見つけ出そうとする。志之輔が奇異の目で見られないよう、化け狸を祓い終えるまでは隠しておくつもりだったのに、到着早々知られてしまった。志之輔を守るようにぎゅっと抱き、雪華は青い顔で硬直する。

（どうしよう、志之輔はこの子たちと一緒に暮らすことになるのに）

しかし必死に言い訳を考える雪華のそばで、子供たちは思いがけない反応を示した。

「可愛いねえ、もふもふの尻尾」

「あったかそうでいいなあ。ねえねえ、あとで撫でてもいい？」

「たぬきちゃん、甘酒好き？　統慈様と一緒に作ったんだよ。一緒に飲もう？」

いかにも愛らしい生き物を見つけたとばかりに、子供たちは志之輔を囲んで頬をゆるめた。みな一様にはしゃいだ様子で、普通の人間とは異なる志之輔を誰一人として恐れたりしない。雪華の腕から抜け出た志之輔は、年長の女の子に手を繋がれ、ぱあっと顔を明るくする。

「志之輔、甘酒好きでしゅる！　甘酒飲んで、みんなともっとおしゃべりしましゅる！」

　子供たちの会話にほっと息を落とした統慈は、目を白黒させる雪華に和やかな笑みをよこした。

「外は冷えます。どうぞ中に入って火鉢に当たってください。志之輔くんについてのお話は、暖かい部屋でゆっくりうかがいましょう」

　統慈に促《うなが》され、雪華たちは目の前にある伽藍《がらん》に足を向けた。

　講堂は法会《ほうえ》に使う広間の他に、障子戸で区切られた十畳ほどの座敷が二つ並んでいる。その一室で甘酒を飲んだ志之輔は、早々に隣室へ移動し、狸耳と尻尾を露出したまま子供たちと遊び始めた。

　隣の座敷には先ほどの三人の他に十一歳の少年と八歳の少女がいて、計五人の子供がこの寺院で暮らしているという。名目上は小姓《こしょう》だが、寺の雑務を手伝ったあとは統慈に読み書きを教わり、十二歳を迎えた折には統慈のつてで奉公先を探し自立するそうだ。

「廣尊寺を頼る子は様々な事情を抱えています。他の子とは異なる身体的特徴を持つ子や、志之輔くんのようになにかしらの霊障を抱える子も時折やってきます。だからでしょうか、廣尊寺で暮らす子供たちは、自分とは違うという理由で他者をのけ者にするような真似は決してしません」

　統慈は穏やかながら、どこか自信に満ちた語り口で告げた。幸福とは言いがたい身の上の子供たちが、多様な境遇の仲間と暮らす中で自然と身につけた寛容さは、統慈にとって誇りなのだろう。

「統慈サンはこの寺で唯一の僧侶なんだろう？　住職としての勤めの他に子供たちの面倒も見るのは大変な苦労だろう」

　湯飲み茶碗を手にしみじみと言葉を返す焔に、統慈はのんびりと首を横に振った。

「麓の村の方々も気にかけてくださり、頻繁に手伝いにいらしてくださいます。なにより子供たちの明るい声を聞いていると、わたくしのほうが元気をもらえるのです」

　統慈の面差しには慈愛の精神がにじみ出ているが、志之輔の事情を説明した際には身勝手な父親に対して憤りも見せた。優しさと芯の強さの両方を持ち合わせた僧侶なのだろう。隣室では年長の少年が志之輔の面倒をよく見てくれて、志之輔も嬉しそうにゆらゆらと尻尾を揺らしていた。

（この寺でなら志之輔もきっとうまくやっていけるだろう）

　和やかな光景に安堵する反面、雪華の胸にはひんやりとした寂寞《せきばく》の思いが広がる。新たな仲間を得る志之輔と、一匹の妖狐として自由を得る焔。化け狸退治を境に、二人には希望に満ちた新たな人生が待っている。雪華だけがなんの希望も持たないまま、孤独を背負って廣尊寺を去るのだ。

　無意識のうちに奥歯を噛みしめていた雪華は、こわばった体をほぐすように浅く息をこぼした。ちらりと視線をよこした焔が、座ったまま腰の位置をずらし雪華に身を寄せる。

「どうした？　山登りで疲れちまったか？」

　かけられた声はやわらかく、雪華を心から案じてくれているのが伝わった。想いを返してもらえないと分かっていても、好いた相手に優しくされれば、浮き立つ気持ちを抑えようもなくそわそわしてしまう。焔の呼気がかかった耳をさりげなく手で覆い、雪華は視線をそらしつつ平静を装った。

「六年も徒歩で旅をしてきたんだ、あのくらいでへばったりしない」

「そうか？　狐の姿になって背にのせても良かったんだぜ。志之輔もきっと喜んだだろうし」

「志之輔が今後暮らしていく山だぞ？　狐にのって飛び回る姿が万が一村人の目に触れて、寺にも志之輔にも妙な噂が立ってしまったら困るだろう」

「出た、生真面目雪華。おまけに一人で考え過ぎて後ろ向きだし。そういうの、西洋の言葉でネガティブって言うらしいぜェ？」

「うるさい、この西洋かぶれ狐っ」

「おーおー。キーキー反論する元気が出てなによりですよ、ご主人」

大袈裟に肩をすくめる焔に、感傷に浸っていたはずの雪華もすっかり調子を乱された。二人のやりとりに統慈がクスクスと笑い声を漏らす。焔にやり込められる様を見られてしまい、雪華は気恥ずかしさに頬を染めた。

「雪華しゃま！　焔しゃま！　志之輔、厠《かわや》に行ってまいりましゅる！」

隣室で志之輔が元気良く挙手した。焔は片眉を上げ、「おいおい」と腰を上げる。

「年上の子供に囲まれて、自分までちょっと成長した気になってやがるな……。ちょっと待て、お前一人じゃ便槽《べんそう》に落っこちて悲惨なことになるぞ」

志之輔とともに焔が部屋をあとにすると、子供たちもぞろぞろとそれに続いた。廊下に面した木戸が閉まり、座敷には雪華と統慈の二人だけになる。

「素敵な管狐ですね。白に近い毛色でありながら人間に仕える道を選んだのは、それだけあなたを慕っているからでしょう」

　こちらに顔を戻した統慈は、目を細めて微笑んだ。僧侶である統慈には焰の狐耳や尾が見えているようだ。妖狐や管狐についての知識を持ち合わせる様子からしても、管狐との契約を解く方法を知っている……という噂は信憑性《しんぴょうせい》が高いように思える。

　告げるなら今しかないと、雪華は居住まいを正した。

「実は統慈殿のもとを訪ねたのは、志之輔の件以外にもう一つ理由があります」

　その発言に統慈はきょとんとして、かしこまった雪華にあわせ背筋をのばした。雪華は深く息を吸い込み、緊張で乱れそうな心を必死になだめる。

「統慈殿は、術師が管狐との契約を解く方法をご存じとうかがいました」

　単刀直入に口にすれば、統慈がわずかに目を見開いた。薄く開いた唇を結び、どう返したものか考える様子で黙り込む。

「どちらでその話を耳にされたのでしょう？」

「呪詛を受けた依頼主や、まじないの類いが根づく田舎の住民、各地の霊媒師……。日本国中を旅する中で様々な人に尋ね、情報を求めました。……貴殿にたどり着くまで、六年の歳月を要しました」

　正直に打ち明ければ、統慈が感心にたえないように「六年……」と繰り返した。統慈は再び思案したのち、短く息を吸い込み迷いのない声音で告げた。

「はい。知っております」

畳の匂いが香る座敷に澄んだ声が響く。管狐との契約解除については公《おおやけ》にしていないようで、一度は慎重な態度を見せたが、雪華の執念が統慈の心を動かしたらしい。

（やっとたどり着いた……）

六年前、絶望の中で八尾家を去ったときに決めた旅の目的が、長い年月の末にようやく達せられようとしていた。胸を震わせる感情がなんなのかは、今の雪華には分からない。焔を失う恐怖かもしれないし、解放してやれる喜びなのかもしれなかった。

どちらでもいい。ただ成し遂げねばという思いで、雪華は畳に手をそろえ、深々と頭を下げた。

「志之輔の化け狸を祓い終えたのち、私と焔の契約を解く手伝いをしていただけないでしょうか」

ほがらかな空気を一変させる雪華の言葉に、統慈が息を飲むのが分かった。


化け狸退治を実行するまでの間、雪華と焔も、志之輔とともに廣尊寺で世話になることになった。

統慈が豊穣祭《ほうじょうさい》について語ったのは、廣尊寺に来て三日目、宿坊で朝食の準備をしているときだった。

「今日は昼から麓の村で、豊穣を祝う春のお祭りがあるんです。雪上で太夫《たゆう》たちが舞い、佐保姫《さほひめ》をお呼びして祝福を受けるんですよ」

「佐保姫？」

雪華は畳の上にみなが向かい合う形で膳を置き、粥《かゆ》と漬物、大根の年輪煮《ねんりんに》に蕗《ふき》の味噌汁といった料理を並べていた。その横に立ってにこやかに説明する統慈に、雪華は首を傾げる。

「春の女神だな。奈良《なら》にある佐保山が春を司《つかさど》る東の方角にあることから、花を咲かせる女神として扱われてんだよ」

正面に屈んで箸をそろえる焔が、寺の子供を背にまとわりつかせながら答えた。子供の扱いがうまい焔は、廣尊寺に来てから絶大な人気を博している。

「もちろん佐保姫はお話の中の神様なので、実際には村に住む娘さんが桃色の着物と羽衣《はごろも》をまとい、佐保姫に扮して祝福の儀式にのぞむわけです。せっかくですので雪華さんたちも観《み》に行かれてはいかがでしょう？」

「志之輔、行きたいでしゅる！」

いつの間にか雪華の後ろにいた志之輔が、勢い良く挙手した。志之輔の希望を叶えてやりたい気持ちはあるが、興奮のあまりまた狸耳と尻尾を人目にさらしてしまうとも限らない。返答に迷い、雪華は視線をさまよわせた。

「いいんじゃねえか？　行こうぜ、雪華」

ためらう雪華を後押ししたのは焔だった。

「でもまた笠が取れたりして、騒ぎになったら……。統慈殿や寺の子供たちは寛容だが、世の中には心ない発言をする者も存在するし」

「まあな。志之輔に嫌な思いをさせたくないって気持ちは俺にも分かる。だけど志之輔を守ってやるのと同じくらい、志之輔に思い出を作ってやるのだって今の俺たちには重要なんじゃねえか？」

慎重に言葉を選ぶ焔に、雪華も言わんとする意味を察した。廣尊寺に住む限り、志之輔は今後も豊穣祭を目にする機会があるかもしれない。けれど雪華と焔の三人で祭りに参加できるのは今回だけだ。

雪華はしばし悩んだのち、ぐずぐず躊躇する自分を振り払うように短く息を吐いた。

「分かった、行ってみようか。せっかくだから少し早めに出発して、麓の村も見て回ろう」

志之輔の頭をそっと撫で、雪華は口許をゆるませた。膳のそばで飛び跳ねようとする志之輔を焔が抱え上げ、朝食の準備を再開する。

食事を終え、寺の清掃を手伝った雪華たちは、身支度を整え山を下りた。志之輔の頭は手拭いで覆ったうえで笠を被せ、厳重に狸耳を隠す。

山の麓に広がる村は、豊かな土壌《どじょう》を活かし村民の大半が畑作を営んでいる。最初に目に留まるのは家々が連なる集落で、東側に広がる田畑はどれも凍りついていた。北国の冬は厳しく長い。だからこそ、村民たちにとって佐保姫を招く祭は大きな意味を持つのだろう。

豊穣の儀は村の南にある神社で行われると聞いた。雪華たちは村の中央を通る道を歩いて準備の様子を見物しつつ、件の神社を目指すことにした。近隣の町村からも観覧に来るというので、雪華たちがうろうろしたところで怪しまれはしないはずだ。

焔と二人で志之輔を挟み、根雪の積もる道を進む。祭りの準備に追われる村には慌ただしい雰囲気が満ち、大量の提灯《ちょうちん》を担いで雪道を駆ける人や、振る舞いもの用の小豆やら大根やらの野菜を台車にのせ、せっせと運ぶ人が見られた。中でも目を引くのは、豊穣の儀に参加すると思われる人々だ。

「紫の人が通ると、シャンシャンって音がしましゅる」

志之輔が熱心に見つめるのは、紫の着物と袴をまとい頭に烏帽子《えぼし》をのせた男たちだった。彼らは錫《しゃく》杖《じょう》に似た棒を手にするが、全体が金色に輝いているうえいくつもの輪が連なり、修験者が持つものよりも見た目と音の派手さが増していた。太夫と呼ばれる踊り手たちだろう。

「あっちの子たちも舞いを踊んのか？　寺にいる子供たちくらいの年の子も結構いるな」

焔が顔を向ける方向へ視線をやれば、七福神を思わせる衣装を着た子供たちが、民家の脇で中年女性に化粧を施されていた。鼻筋を白く塗られ、互いの顔を指差しキャッキャッと笑い合う。

きらびやかな恰好をした太夫や稚児《ちご》がせわしなく行きかう様を見ていると、雪華まで浮き立つような気分になった。空は青く麗《うら》らかで、今日にあわせ本当に春の女神が訪れたように思える。

「大きな街で飴屋の紙芝居を見たり、西洋の習俗に触れたりする機会は何度かあったが、こうして各地に根づいた祭りに参加するのは初めてだな。準備段階でこんなにもにぎやかなんだから、本番はさぞ盛り上がるのだろう」

「参加するかどうか悩んだわりに、雪華も楽しそうにしてんじゃねえか」

そわそわした心地で周囲を見ている雪華に、焔がおかしそうに肩を震わせた。普段であれば気恥ずかしさから噛みつくところだが、祭りの成功という目標に向け活気づく人々の中にいると、自然と心がゆるんでいく。

「ああ、来て良かった。私一人ならぐるぐると考えるばかりで行動できなかっただろうから、焔が背を押してくれて嬉しい。ありがとう」

素直な気持ちを伝えれば、予想外とばかりに焔が目をみはった。茶化されるかと思ったが、焔はぎこちなく表情を固めて頬を赤らめ、帽子のつばで目許を隠す。それから柄にもなく動揺した様子で「まいったな」とつぶやいた。

村の南に鳥居《とりい》を発見した雪華たちは、参道を通り御社殿《ごしゃでん》を目指した。やがて正面に瓦屋根の拝殿《はいでん》が見えてくる。その手前に広がる石畳の上で、老齢の神主と桃色の衣装をまとう女性、太夫の三人が顔をつき合わせていた。

「やっぱりあの子を豊穣の儀にのぞませるのは無理よ。お医者様は風邪だろうとおっしゃってたけど、今朝になって熱が上がってきちゃったもの」

「じゃあどうすんだよ、佐保姫は」

「代理を立てるほかあるまいのう。晴れているとはいえ、病人を寒風にさらすわけにはいかん」

どうやら佐保姫役の女性が体調を崩したことで予定が狂ったらしい。白い髭《ひげ》を撫でながらこぼす神主に、太夫の男が太い眉を寄せる。

「簡単に言わないでくれよ。佐保姫は白い肌と長い黒髪を持つ女じゃなきゃいけないんだ。だからこそ村人総出の農作業でも、極力日差しを浴びない作業をさせて白い肌を保つよう努めさせる。いくら農閑期とはいえ、あいつと同じくらい色白で綺麗な髪を持った女なんかそうそういねえよ」

「ここ数年はずっと同じ子が佐保姫を務めてたから、衣装もあの子に合わせて仕立ててあるし……。肌はおしろいでなんとかなるかもしれないけど、背だけはどうにもならないわ。わたしらみたいなちんちくりんじゃ、おはしょりがやたらと長くなってしまうし、羽織の袖が長過ぎて誤魔化しきれない」

女性が頬に手を当て物《もの》憂《う》げな表情を見せた。佐保姫の代役探しはなかなかの難題らしい。他所者が近くを歩き回って集中力を欠かせる場面ではないと、雪華はちらりと焔に目をやった。

「別の場所を見て回ろうか」

「そうだな。行こう、志之輔」

雪華の意を察して焔もうなずくが、志之輔だけは手を引かれても頑なに動かなかった。繋いだ手を振りほどいた志之輔は、石畳を蹴り唐突に駆け出す。困り顔で天を仰ぐ神主たちに駆け寄ると、小さな体で勇ましく仁王立ちし、勢い込んで告げる。

「雪華しゃまなら、お顔が白くて髪も綺麗でしゅ！　雪華しゃまなら佐保姫ができましゅる！」

突然の行動に雪華は仰天し、焔と二人ですぐに志之輔のもとへ走った。志之輔の両肩をつかんで神主たちから引き剥がし、大慌てで頭を下げる。

「も、申し訳ありません……！　私たちがこの子をきちんと見ていなかったばかりに、話し合いの邪魔をしてしまって……っ」

雪華は早く退散しようと志之輔を抱き上げた。真剣な話し合いの最中に割り込まれ、気分を害してしまっただろうか……と気が気でない。

　しかし恐る恐る様子をうかがう先で、三人は目を丸くして雪華を見ている。

「本当だ、佐保姫だ」

「肌の色も髪の長さも、佐保姫の条件を満たしておる」

「長身のあの子に合わせた衣装も、男の人だとちょうど丈《たけ》が合うわね」

　うなずき合う三人に雪華はぎょっとした。不穏な空気を察して後ずさりする雪華に、太夫と女性が切迫した表情でつめ寄った。

「お願い、あなたにしか頼めないの！　豊穣祭に佐保姫として参加してもらえないかしら？」

「儀式って言っても、俺たち太夫の舞いのあとに差し出された御神酒《おみき》を飲み、空になった盃《さかずき》に梅の花を入れて返すだけだ。段取りは全部俺たちでやるし、衣装を着て参加さえしてくれたらあんたには面倒をかけないようにする！」

　鬼気せまる顔の二人に気圧され、雪華は助けを求めて神主に視線を向けた。しかし神主は無言で頭を下げる。すぐそばでは志之輔が期待に目を輝かせ、「佐保姫やるでしゅ！」と懸命に訴えた。

（助けてあげたい気持ちはあるが、男の私が姫の役など……）

　劣等感に苛まれる雪華は、幼少期から極力人目を避けて生きてきた。注目されることへの抵抗と、困っている人の力になりたい気持ちがぶつかり、自分では結論が出せない。雪華はたまらず焔を振り返り、どうしたらいい？　と目で問うが、焔はコートの中で腕を組みのんびりと眺めるばかりだ。

「自分がどうしたいかは、雪華が答えを出しな」

雪華の代わりに決断するような真似はしないと、焔は明確に口にした。頼みの綱を切られ、四方から熱烈な期待のまなざしを浴び、雪華はすっかり困り果てた。逃げ出したくなるのをこらえ、混乱した頭で必死に考える。

(私はただ恥を掻くのが嫌なだけだが、他に佐保姫役が見つからなかったら、彼らの祭りは台無しになってしまう)

悩んだ末、臆病で自信のない自分の尻を必死で叩いた雪華は、「私で良いのならお引き受けしましょう」と首肯した。

そこからの流れは慌ただしかった。演者の着替え場所である民家に連れて行かれた雪華は、侍女役の女性数名に囲われ手早く身支度を整えられる。拝殿に移動して待機し、ぞろぞろやってくる観覧客を木戸の隙間から眺めているうちに定刻となった。

稚児がひょうきんな舞いで観客を楽しませ、錫杖《しゃくじょう》を使った太夫のにぎやかな舞いが終わると、左右に屈む案内役が雪華に目配せした。案内役によって木戸が開けられ、佐保姫に扮した雪華が姿を現した途端、「おおっ」と感嘆の声があがる。

雪華は淡い桃色や黄緑など春色の着物を重ねた十二単《じゅうにひとえ》に、繊細に織られた羽衣をまとっていた。髪は上半分だけで高髻《たかまげ》を結《ゆ》って下半分を垂らした、天女を思わせる形だ。黒髪の結い目に花を飾り、薄く化粧を施された雪華は、しゃなりしゃなりと階段を下りる。侍女役の女性三人を引き連れて、雪華は石畳の上に片膝をつく太夫のもとへ向かった。

　太夫から差し出された盃を手に取ると、口許で傾け御神酒を含む。境内は水を打ったように静まり返っている。大きな盃で視界の大半が占められる分、唇に触れる清酒の冷たさが際立つように思えた。すべて飲み干したのち、雪華は髪に刺した花から梅を一つ抜き取り、赤い盃の中へ入れた。それを太夫に渡すと、拝殿の左右から太鼓《たいこ》の重々しい音が鳴る。一連の儀式が終了した合図に、割れんばかりの歓声と拍手があがった。

　無事に佐保姫役を務め上げた安堵に息をつくと、雪華は群衆の中に焔と志之輔の姿を見つけた。嬉しそうに両手を振る志之輔に、雪華は袖から指先をのぞかせ小さく振り返した。

　志之輔の後ろでは、左右の袖に手を差し入れた焔が、微動だにせず雪華を見つめていた。沸《わ》き立つ群衆も、綺麗に着飾った侍女たちも目に入らない様子で、金茶の双眸に雪華を映し続けている。その姿が、夜桜の中で自分だけを見ていた十六歳の焔と重なり、雪華は目許を染めうつむくことしかできなかった。

　豊穣の儀を終えた雪華は、民家に戻って直垂に着替え、侍女役たちに化粧を落としてもらった。

「いやあ、突然指名されたとは思えないくらい素敵な佐保姫だったわ」

「本当よねえ、村中の男が見とれてたもの」

　上機嫌におしゃべりする侍女役たちに、雪華も満たされた気分でいた。村の人たちが喜んでくれたのがなによりも嬉しく、雪華は清々しい思いで民家を立ち去る。このあとは村民たちで神輿《みこし》を担ぎ霊

峰に登るそうだが、雪華は同行を辞退した。

木戸を開けて一歩外に出ると、軒先には数名の若い男が立っていた。誰かを待っているのだろうか、と中に残る演者に目をやれば、男の一人が雪華を見つけて眉を上げる。

「おっ、今日の主役じゃねえか。お疲れさん」

「祭りのあとで聞いてびっくりしたよ。あんた男なんだって？」

「こんな美人、女でもそうそう見ないもんな」

初めて見る顔の佐保姫役に興味津々といった様子で、男たちは雪華を囲み好き勝手に話し出した。好意的な雰囲気だが、注目されるのに不慣れな雪華はどう反応すればいいか分からない。

「あ、の……えっと……」

「今は廣尊寺に泊まってんだろ？　村に降りてくるのは初めてか？」

「神輿行列まではまだ時間もあるし、良かったら俺たちで案内してやるよ」

男たちの勢いに雪華は胸の上で拳を握りたじろいだ。視線を泳がせ、断る理由を懸命に考える。

直後、誰かが男たちの輪に強引に割って入った。男たちから引き剝がすように雪華の肩を抱き寄せたのは、狐耳を前に倒し警戒を露わにする焔だった。

「悪いなァ。麗しい佐保姫様にはツレがいんだよ」

上辺だけの笑みを貼りつけながらも、焔の声は言い知れぬ威圧感を放った。気圧された男たちは顔を引きつらせ、「お、おお、そうか」とおとなしく引き下がる。焔に促されるまま男たちの輪から抜けた雪華は、肩にのる手に押されて来た道を戻った。

「統慈サンが神主を手伝って神社で稚児たちに汁粉《しるこ》を振る舞ってる。寺の子供たちと一緒に志之輔もいるから、俺たちも合流しようぜ」

どこへ向かうのかは分かったが、焔がいまだ肩を抱いている理由は判然としない。おまけにやたらと距離が近く、半身にぴたりと寄り添う体温に雪華はどぎまぎした。

「あの人たちからは離れたのに、どうしてまだこんな風にするんだ……？」

おずおずと尋ねる雪華に、焔は面白くなさそうに眉を寄せた。

「悪い虫が寄ってこないよう見せつけてんだよ。あークソ、あんな衣装で観客の前に出るなんて……姫様役なんてやらせるんじゃなかったぜ」

「えっ、や、やっぱり、似合わなかったか？」

苛立った様子でこぼす焔に、雪華は表情を固くした。みっともない姿をさらしたことに呆れたのかと思ったが、雪華の反応に焔はますます拗ねた調子になる。

「逆だ、逆。雪華はもうちょっと美醜感覚を磨《みが》けよ、俺の心の安寧のためにも」

焔がなにに立腹するのか分からぬまま雪華は神社へ戻った。境内には稚児や寺の子供がいて、椀《わん》を空にした志之輔が一緒に笑い合っている。雪華に気づくと、志之輔は椀を返却し駆け寄ってきた。

「雪華しゃま、とぉーってもきれいでちた！」

雪華の脚に抱きついて、志之輔はお日様のような笑みを見せた。雪華も志之輔を抱き上げ、やわらかな頬に自らの頬を擦り寄せる。

「志之輔が褒めてくれるのが一番嬉しい。ありがとう、志之輔」

雪華の長い前髪が顔をかすめ、志之輔はくすぐったそうにはにかんだ。遅れて寄ってきた焔が、雪華の頭にぽんと手を置く。

「疲れただろ。神社の裏で休憩しようぜ。なかなか面白い光景が見られるからさ」

その言葉に首を捻《ひね》りつつ、雪華は神社裏へ向かった。神社を囲う木々の間を通り、拝殿の陰から顔をのぞかせた雪華は、目に映る景色に息を飲む。

拝殿と、神を祀るための本殿の間には、綿毛のような白い塊が数多く浮遊していた。牡丹雪《ぼたんゆき》が降るのに似た光景だが、地から湧き出た毛玉は役目を終えて天へ帰るかのようにゆっくりと空へ上っていく。頬をかすめる毛玉が冷気を放つのに気づき、雪華は両の手のひらを上向けた。

「すごいな……初めて見た。彼らは雪の精霊かなにかか？」

「そうみたいだな。佐保姫を呼んだつもり、じゃなくて、豊穣祭を行うことによって雪の精霊たちが冬の終わりを悟るから、この村には本当に春が来るんだよ」

雲の間から注ぐ陽《ひ》を浴び、雪の精霊はきらきらと輝きながら空へ帰っていく。幻想的な光景に志之輔は興奮を抑えきれない様子で、宙を舞う精霊と雪華の顔を交互に見た。

「し、し、志之輔、白いふわふわと遊びたいでしゅ」

「ああ。神様のおうちの前だから、走ったりせず静かに遊ぶんだぞ」

「はい！」

雪華の言いつけに志之輔は元気良く返事をして、そろりそろりと精霊たちの間に入っていく。精霊は驚いたように志之輔の体を避《よ》けたが、危害を加えないと分かると志之輔の周囲で円を描き始めた。時折悪戯な精霊が顔にぶつかり、そのたびに志之輔は手のひらを頬に当てて「ちめたいーっ」と楽しげな声をあげる。

雪華と焔は境内を囲う木々に背を預け、志之輔が精霊とたわむれる様を眺めた。舞い踊る白い毛玉を必死で追う志之輔は、股の間をのぞき込んだり後ろを振り返ったりとせわしない。意図せずひょうきんな動きをする志之輔に、雪華が肩を震わせれば、すぐ隣で焔も噴き出す。

「すっかりからかわれてんじゃねえか」

「可愛がられてるって言うんだ、ああいうのは」

「おーおー、俺への態度と違って志之輔のこととなると甘いなァ、うちのご主人は」

「それは……大人と子供では接し方が違って当然だろう」

冗談めかした焔の指摘に雪華は口ごもった。子供などと一括《ひとくく》りにしたが、志之輔を特別に可愛がっている自覚はある。だがそれは焔も同じだろうと、雪華が口を開きかけたときだった。

「志之輔に褒められるのが一番嬉しいんだもんな？」

正面を見たまま茶化す口調で焔が言った。どことなく空々しさがただよう物言いに、雪華はぽかんとして隣に顔を向ける。しまったとばかりにぎこちなく唇を結ぶ焔を見て、雪華は呆気に取られたのち、頭に浮かぶ疑惑を恐る恐る口にした。

「自分が褒めても嬉しくないのか、と拗ねているのか……？」

自分で尋ねておいてなんだが、さすがにそんな幼稚な考えはない、と笑い飛ばされると思った。そのくらい焔らしくない理由だったのだ。

けれど焔はなんの反論もしないどころか、格好がつかない様子で気まずげに顔を背けた。艶のある尾は力なく垂れ、狐耳も心なしか下を向く。無言の肯定に雪華のほうが焦ってしまう。

「べ、別に焔と志之輔を比べたわけじゃない。ただ見ず知らずの人間に褒められるより、いつも一緒にいる志之輔が褒めてくれたほうがよほど嬉しいと、そういう意味で私は、」

「あー、いいって弁解しなくて。自分でも分かってんだよ、とんでもなく子供っぽい理由で機嫌を損ねてるってことは」

「やっぱり私の発言で機嫌を損ねたんじゃないか！　というか、そもそも」

あたふたと言葉を重ねた雪華は、とっさに焔のコートに手をのばした。ケープの裾をつまんで軽く引けば、焔が困り顔で振り返る。己の失態に落ち込む様は、普段の大人びた雰囲気とは明らかに異なっていて、雪華は新鮮な思いで年上の幼なじみを見上げた。男たちから雪華を引き剥がしたり、雪華の発言に拗ねてみたりと、今日の焔は余裕がなくてなんだか可愛らしい。

「褒めてもらっていない。焔からは、私の佐保姫がどうだったか聞いていない……」

だからつい雪華も、普段は言わないような我が儘を口にしてしまった。どんな感想を述べてほしいのか一目瞭然の台詞に、雪華は真っ赤な顔でむっつりと眉を寄せる。

（自らねだったくせに、なんて可愛くない態度を……）

自分の幼さに雪華は呆れるが、焔は無言で視線をよこしたのち、ふっと温かい息をこぼした。体ごとこちらに向き直った焔は、雪華の白い頬に手を当て、顎に指を添えて顔を上向かせる。

見上げた先で、焔は目尻に甘くやわらかな色をにじませていた。

「綺麗だったよ。雪華があまりに綺麗で、他の誰も目に入らなかった」

耳に心地好い低音が雪華の心をくすぐる。

「ここにいる人たちがみんな雪華を見てんだと思ったら、いつも以上に綺麗になっちまった雪華に見《み》惚《ほ》れてんだと思ったら、正直妬《や》いた。……雪華の魅力は、俺だけが独占してたいのに」

長い指がするりと雪華の顎をなぞったかと思うと、焔は互いの額を合わせまつげを伏せた。背のびをすれば簡単に唇が触れ合う距離に、雪華の顔は炎の中に飛び込んだみたいに熱くなる。顔だけでなく頭の天辺《てっぺん》から爪先までひどく火照り、頭が真っ白になった。あれほど焔との口付けを夢見ていたのに、雪華は凍りついたように固まって少しも動くことができない。

赤面したまま硬直する雪華に、薄くまぶたを開けた焔が微かに笑った。そっと身を離されれば、雪華は安堵するような口惜しいような、胸の中で感情がごちゃ混ぜになるのを感じる。

いたたまれなさから体を反転させた雪華は、どうにか間《ま》を繋ごうと頭に浮かぶ言葉をまくし立てた。

「そっ、それにしても、人間にも妖怪にも好かれてしまうのでは志之輔も大変だな。化け狸を祓って別の街へ行ったあとも、人外の存在とのつき合い方を徐々に教えていかなくては……」

「別の街？」

戸惑いを含んだ声音で聞き返され、雪華は失言を自覚した。

鈴蘭の命を奪った罪を償《つぐな》うため、雪華はこれからも呪詛祓いの旅を続ける必要があり、志之輔とともに廣尊寺に残ることはできなかった。たとえ志之輔が雪華との同行を望んだとしても、管狐の契約が解ければ焔は自分のもとを去るはずで、呪詛に侵された体を抱えながら雪華一人で志之輔を連れ歩くことは難しい。突きつけられた現実に、雪華の心は急速にしぼんでいく。

（「別の街」なんてない。私と焔の旅は廣尊寺で終わりを迎える。……分かっていたのに、私は一体なにを期待したんだろう）

ここ最近の幸福な日々に、すっかり舞い上がっていた自分が恥ずかしい。雪華は気まずさから逃げるように、志之輔のもとへ向かおうとした。

しかし雪華の腕はすぐに捕らえられ、間を置かず後方に引っ張られた。よろけた体を焔が受け止め、雪華の痩身に長い腕が回る。

「焔……？」

雪華を背後から抱きすくめた焔は、細い首筋に顔を埋め、甘えるように擦り寄った。

艶やかな毛で覆われた狐耳が頬をかすめ、くすぐったくも心地好い感覚に雪華は戸惑った。動揺と胸の高鳴りは遅れてやって来る。

「この先も一緒にいられねえか。俺と雪華と、志之輔の三人で」

切実さのにじむ声が顔のすぐそばで響いた。焔の腕に力が込められ、体がより密着する。直垂の胸に置かれた大きな手のひらは、雪華の心臓が早鐘を打つ事実を悟っていることだろう。

「雪華は俺のものだ。誰にも渡すつもりはない。……だけど志之輔だけは、雪華と過ごす時間を共有させてやりたいと思える」

耳朶に触れる声は甘くかすれ、雪華は身を包む多幸感と切なさにまつげを震わせた。空気に色があるならば、自分の唇からこぼれる吐息は桃色に染まっているに違いない。好いた男に抱きしめられる喜びと混乱に、雪華は固くまぶたを閉ざした。

焔は飄々としてつかみ所がないが、心を開いた相手にはとことん尽くし、守り抜こうとする強い信念がある。幼い自分に対してそうしてくれたように。

だからこそ鈴蘭が生きていれば、鈴蘭との間に子をもうけていればと、雪華は悔やまずにはいられない。自分の子に惜しみない愛情を注ぐ姿を容易に想像できるから、焔にとってかけがえのないものになっただろう家族を奪った自分が、雪華は憎くて仕方なかった。

（私から離れることができない運命だから、私と志之輔との三人で擬似的な家族を作ることで、心に折り合いをつけることにしたのだろうか）

亡き妻の仇《かたき》として呪詛を送った相手は、幼少期からともに過ごす幼なじみだ。呪詛に苛まれる弟分を前にすれば、いくら気まぐれな妖狐と言えど焔は非情になりきれない。自分たちを結ぶ縁《えにし》が鎖となって焔を捕らえるのだと思うと、雪華はやるせなさに打ちひしがれた。
（焔との別れによって心が引き裂かれたとしても、それが焔を救う方法なのだとしたら、私は喜んで自分の心に刃を突き立てる）

きつく抱きしめてくる腕に、手を重ねることはできなかった。されるがまま焔に身を預け、雪華はただ、なにも知らずにはしゃぐ志之輔の声を聞いていた。

焔との契約を解きたいと改めて統慈に相談したのは、豊穣祭の翌日のことだった。

「新月の夜まであと四日とせまりました。志之輔に憑いた化け狸を祓い終えたら、できるだけ早く焔をただの妖狐に戻してやりたいのです」

石段の上で参拝者を見送る統慈を捕まえた雪華は、思いつめた表情で告げた。廣尊寺に着いた初日に話した際は、「もう一度よく考えてみてください」と返事を保留されていた。

腹の上で手を重ね唇を引き結ぶ雪華に、統慈はしばし沈黙する。

「分かりました。では一度宿坊に戻りましょう」

おっとりとした調子で返した統慈は、雪華を連れて宿坊へ向かった。奥座敷では子供たちが寺子屋机を並べ、筆を手に熱心に読み書きを勉強している。志之輔もそれに混ざっているが、紙に広がるのはふにゃふにゃとした落書きだ。

子供たちの字を見て回り、あれこれ助言する焔のもとへ統慈はそっと近づいた。

「焔さんにお願いがあるのですが、よろしいでしょうか」

子供たちの集中を欠かないよう、統慈は小声で話しかけた。焔も「うん？」と首を捻ると、三人で廊下へ移動する。

「食材を買い足しに村へ行くのですが、わたくし一人では運ぶのが大変なので、雪華さんにお手伝いをお願いしようと思います。そのため、このまま焔さんに子供たちを見ていてほしいのです」

突然聞かされた話に雪華は戸惑うが、「ね？」と振り返る統慈の笑顔には有無を言わさぬ力があった。訳が分からないままうなずくものの、焔はいまいち納得できない様子で片眉を上げる。

「別に構いやしねえが、雪華より俺がついていったほうが米でも味噌でも運んでやれると思うぜ？」

確かに、腕力も体力も並程度しかない雪華より、焔のほうが荷物持ち要員としては適格だろう。焔の主張はもっともだが、統慈は仏の笑顔を崩さず両手を合わせる。

「子供たちは焔さんによく懐いているので、焔さんが教えてくださるとより集中してくれるのです。引き受けてはくれませんか？」

隙のない物言いの統慈に、焔はいまだ腑《ふ》に落ちない様子ながら「それならまあ……」と頭を掻いた。

「ありがとうございます、助かります。では夕刻までには戻りますね」

了承を得ると統慈はすぐさま話を切り上げ、雪華を連れて宿坊をあとにした。しかし統慈が向かったのは石段ではなく講堂が建つ方角で、雪華は戸惑いながらもあとを追いかける。

「村へ行くのではなかったのですか？」

法衣姿の背に問えば、講堂を回り込んで裏手へ進む統慈が、唇の前に人差し指を立てた。

「そうですね。最後には村で買い物をしてこないと、焔さんに言い訳が立ちません。ですから少々急ぎ足で目的の場所へ向かいましょう」

どうやら買い出し云々《うんぬん》は雪華を連れ出すための方便だったらしい。一切の裏表がなさそうな見た目に反し案外したたかな僧侶だと、雪華は呆れつつもその背を追った。

境内の裏には雪が残る山林が広がり、道なき道を統慈は迷いなく進む。雪華も袴をたくし上げ懸命に追いかけた。寺の気配が遠のいた頃、樹齢を重ねた太い御神木の前にそれはたたずんでいた。

瓦屋根をのせ、注連縄と白い紙垂《しで》を提げる小さな社《やしろ》。正面には小ぶりながら赤い鳥居もあった。きょろきょろと辺りを見回しながら雪華は口を開く。

「本堂から離れてはいますが、こちらは廣尊寺を守る鎮守神《ちんじゅがみ》ということでしょうか？」

「ええ。江戸時代までは神仏習合《しんぶつしゅうごう》の考えが広くありましたから、宗派によっては寺院の敷地内に必ず建立《こんりゅう》しています。廣尊寺の鎮守神様は縁切りを得意とする稲荷神様なのです」

廣尊寺に迎え入れる前のこの稲荷神は気性の荒いところがあり、参拝者の願いを叶えるため強引な手法を取る場合も多い……という評判を前住職は耳にしたそうだ。人間に構われるのをあまり良しとしない神様ということもあり、前住職はあえて人目につかない場所へ鎮守社を建立したのだという。

仏に仕える僧侶でありながら統慈が妖狐や管狐に詳しいのは、稲荷神の加護を受ける立場にあるからだ。そう納得すると同時に、統慈がなぜ自分に鎮守神を紹介したのかを察し雪華は身を正した。

「では……こちらの縁切稲荷が、管狐との契約を解くことのできる神様ということですか」

「そのとおりです」

確信を持って尋ねる雪華に、統慈も深々とうなずいた。雪の精霊も空へ帰ったというのに、鎮守社の前は冬のまま時が止まっているのではと錯覚するくらい空気が冷たい。

「先ほどご説明したとおり、こちらの稲荷神様の縁切りは強力で、願をかければ確実に二人の縁を断ち切ります」

鳥居の外側から鎮守社を見つめ、統慈が静かに語り始めた。

「管狐というのは扱いが難しく、恨みを買えば契約する術者にすら不幸を招きます。そのため管狐との契約を解きたいと願う方には、術者と管狐の両名の承諾を得て初めて、稲荷神様へ縁切りをお願いする方法をお教えすることにしています。一方的な契約解除により、管狐が術者を憎むような事態は避けなくてはなりませんから」

こちらへ向けられた顔に、いつも目にする穏やかな微笑みはなかった。糸のように細い目は相手が内に隠した思いまで見透かすようで、言い知れぬ迫力に雪華はごくりと喉を鳴らす。

「管狐との契約を解きたいという意思は、焔さんも同様なのですか？」

清水のように澄んだ声は、雪華にどんな隠しごとも許さなかった。重たいほどの静寂に圧倒されながらも、雪華は心を決めて口を開く。

「恨みなら……もう買っております。……私は焔に呪われているから」

予想外の返答らしく統慈は虚をつかれたような顔をした。幾度か瞬いたのち体ごと雪華に向き直る。

「焔さんが雪華さんを呪う瞬間を目にしたということですか？」

「いえ……私は気絶していたので。けれど焔本人が私を呪ったと告げました」

鈴蘭が亡くなった直後、焔は狐の姿となり雪華の胸を焼いた。皮膚に火傷は残らなかったが、発作を抑えるために霊力を奪う瞬間は、雪華の胸に赤黒い跡が浮かび上がる。六年前の記憶を思い起こし、罪悪感に心を抉られながら雪華は語った。

「焔は私を憎んでいます。化け狸退治が終わった際には、もちろん管狐の契約を解くことを焔にも説明しますが、焔が拒む理由はないはずです」

縁切稲荷について打ち明けたとき、焔は一体どんな反応をするのだろう。ようやく雪華から離れられると歓喜する焔を前にしたら、自分はきっと悲哀の底に突き落とされて二度と浮き上がれない。契約などなくともずっと一緒にいたいと、そう考えているのは自分だけだと思い知らされるのが恐ろしかった。

沈痛な面持ちで拳を握る雪華に対し、だが統慈の反応は先ほどまでの緊迫感を欠いていた。うーん、とうなって天を仰いだのち、統慈は見慣れた微笑みを雪華に向ける。温かな慈愛で包み込むような、見る者の心を不思議と落ち着かせる笑顔だ。

「私にはお二人の過去は分かりません。けれど、焔さんがどんな目で雪華さんを見ているかは、廣尊寺にいらしてからの四日間だけでも十分に察しているつもりです」

　雪華の両手を握ると、統慈は目尻に皺を寄せた。愛する人の心が分からず、不安を抱えてさまよう雪華の心を、優しく繋ぎ止めるように。

「管狐の契約を解く件は、お二人でゆっくりと話し合ってください。雪華さんに見えている世界だけがすべてでも、焔さんの考えだけが正解ということも、決してないと思います。お二人の心をすり合わせれば、こうだろうと決めつけていた物事の真実が見えてくるかもしれませんよ」

　統慈の言葉に背を押され、卑屈になって膝を抱えるかのような雪華の心に、一筋の光が差した。

　幼少期から向けられ続けた奇異なものを見る目や、焔への想いをやんわりと拒絶された記憶、鈴蘭の命を奪ってしまった過去。いくつもの出来事が雪華を立ち止まらせた結果、いつしか雪華は自らまぶたを伏せ、耳を塞いで生きるようになった。悪いのは自分だと分かっている、だからもう悲しいものは見たくない、聞きたくないと、すべてを拒絶し続けてきた。

　だけど焔ときちんと向き合えば、統慈の言うとおり新たな未来が見えるかもしれない。

（焔。私はお前の心が知りたい）

　顔を上げた雪華は、統慈に礼を言うべく口を開きかけた。刺すような声が頭上から降ってきたのはその直後だった。

「管狐の契約を解く……って、一体どういうことだ」

驚いて顔を上げれば、御神木の太い枝に腰かけた焔の姿があった。雪華を見下ろす目には明確な怒りが宿り、普段はゆるやかな弧を描く唇は真一文字に結ばれている。

「雪華たちが出て行ってすぐ、麓の村の神主が子供たちの様子を見に訪ねてきた。村までは一本道なのに統慈サンとはすれ違わなかったって聞いて、なにかがおかしいと思った」

宿坊の食料もまだ多く、買い出しに行くほどではなかった。胸騒ぎを覚えた焔は、子供たちを神主に託し宿坊を飛び出した。妖狐の嗅覚を以てすれば、同じ山にいる雪華を捜し出すことなど造作もない。

舌打ちをして雪華の横に飛び降りた焔は、着地した瞬間狐の姿に身を変えた。

『二人きりになれる場所で詳しく説明してもらおうか』

焔の声が頭に響く。有無を言わさぬ迫力に、雪華は顔をこわばらせながらもうなずくしかなかった。

鼻先で自分の背を示す焔に従い、雪華はしなやかな獣の身にまたがった。地面を蹴った焔は山を駆けて奥深くへと入っていく。妖狐の脚力は馬など比較にならず、流れる景色の中、雪華は今自分がどこにいるのかも分からなくなった。

やがて焔は一軒の山小屋の前で足を止めた。雪華を下ろした焔は人間の姿に戻り、躊躇なく木戸を引く。中へ入るよう促され、雪華もおとなしく従う。

山小屋の中は狭い土間と小上がりしかなかった。小窓を閉め切っているため薄暗いが、焔が狐火を灯せばぼんやりと中の様子が確認できるようになる。部屋のすみに置かれた火鉢と縄は、長い間使われていないのかほこりを被っていた。木戸を閉めた焔が、小上がりの中央にたたずむ雪華へ近寄る。

気まずさから視線を外す雪華の肩をつかみ、焔が強引に体を向かい合わせた。いつもの焔とはかけ離れた荒い手つきに、雪華はぎくりとして顔を上げる。そして、焔の見せる表情に息を飲んだ。

金茶の双眸には憤りが燃えるのに、注がれるまなざしは背筋が寒くなるほど冷酷だ。焔は湧き上がる怒りを殺すように奥歯を噛みしめている。氷の矢で射られたように、雪華は一歩も動くことができない。

「どうして俺から離れようとする」

地を抉るような低い声が雪華の鼓膜を震わせた。舌も喉も、体のすべてが萎縮して、雪華は言い訳の一つもまともに口にできない。けれど焔の鋭い眼光は沈黙すら許してくれなかった。無言の威圧に急き立てられ、雪華はようやく唇を開く。

「ほ、むら、を……自由に、してやりたく、て……」

消え入りそうな声でようやく答えた雪華に、焔が眉間の皺を深くした。

「誰がそんなことを望んだ!?　誰がお前の管狐でいたくないと言った!?」

こらえきれない様子で声を荒げる焔に、雪華はびくりと肩を跳ねさせた。激情を抑えられない焔は、雪華の二の腕を引くと床に押し倒して仰向けにさせる。馬乗りになる焔を雪華は混乱のまま見上げた。

「すみずみまで俺に仕込まれて、俺じゃなきゃ満足できない淫蕩《いんとう》な体になったくせに。俺がいない世界でどうやって生きていくつもりだ……雪華」

狐火の薄明かりの中、焔は非情な台詞を吐き捨て雪華の直垂に手をかけた。胸紐を解くと長襦袢ごと強引に前を開く。突然の展開に頭がついていかず、雪華は思わず焔を押しのけようとした。

その手首を捕らえて床に押しつけ、焔が首筋に唇を寄せた。跡が残るほどきつく吸い、喉仏に軽く歯を立てる。本能的な恐怖に雪華が抵抗をやめれば、身を起こした焔は目を細めて舌舐めずりする。

「今から自分の体がどんな風になるのかをよく覚えておけ」

残忍な劣情を双眸に灯し、焔は雪華の肌に手を這わせた。

焔の機嫌を損ねた代償として、ひどいやり方で犯されるのかと思った。だが実際は逆で、焔はいつも以上に丹念な愛撫を施し、雪華を執拗に責め立てる。痛みではなく快楽の鎖で繋ぎ止めるように。

「あっ……ぅあ、ほむらぁ……っ」

衣服を乱された雪華は、直垂と長襦袢の袖を腕に引っかけたまま床板の上で身を震わせた。のしかかる焔は上向いた乳首をねっとりと舐め回し、唇で繰り返し食《は》んで桃色の突起をいじめ倒す。

息を乱して体を重ねる二人の周囲には、焔のコートと山高帽、雪華の袴が無造作に脱ぎ捨てられていた。焔の左手は雪華の中心を緩慢な動きで撫で、右手の指はすでに三本が後孔を出入りする。雪華の背の下で直垂はぐしゃぐしゃに乱れ、下半身は足袋しかまとっていなかった。己の痴態にめまいを覚えるが、羞恥以上に雪華を苛むのは、蓄積するばかりで一向に放出されない快感だった。

解放を求め反り返る雄は透明な蜜をこぼし続けるのに、性器に与えられる愛撫も内壁を掻き回す指も、決定的な部分を刺激してくれない。雛鳥《ひなどり》の頭を撫でるような微々たる力で鈴口を擦られ、雪華はたまらず爪先を丸めた。

「も、っと……もっと、強く擦ってぇ……」

直垂の袖を引き寄せて噛みしめ、雪華は涙目で腰を前後させた。足に力を入れるとわずかに腰が浮き、焔の左手に張りつめた雄がぶつかる。同時に体内に埋まる指が求める箇所に触れ、雪華はたまらず喉を反らした。焔の口付けを浴びた首筋や胸には数えきれないほどの赤い跡が散る。

「あ、っあ、いぃッ……あ、ぁ、来るっ……！」

積み重なった悦楽が崩れる予感に、雪華は甘い嬌声を上げ限界を訴えた。体裁を気にする余裕もなく乱れる雪華に、焔も満足げに口角を上げゆっくりと尾を振る。とがらせた舌先が雪華の耳朶を舐め、縁をなぞって、中央の穴に入り込んだ。

「うん。自分で腰振って、気持ちいいとこ全部俺に擦りつけて、たくさん出しな？」

蕩ける声を耳へ直接流されれば、絶頂への期待で羞恥心はあっさりと押しつぶされた。指がより悦《よ》い部分に当たるよう、焔の右手首をつかんで固定すると、雪華はガクガクと腰を揺らして中と外の性感帯を刺激した。焔の手を使って自慰《じい》にふける雪華に、焔が喉を鳴らす。

「ひぁっ……あ、あぁァっ……！」

襲い来る快感が大きな波を生み出し、雪華の意識をさらった。大きく開いた太股を痙攣《けいれん》させ、雪華は鈴口から白濁をこぼす。飛び散った飛沫《しぶき》が雪華の胸を汚し、それを焔が舌で舐め取った。

「すげえな。自分で恥ずかしい動きして、やらしい声をあげて。こんなはしたない体で、どうして俺を手放せると思った？」

射精の余韻で恍惚《こうこつ》とする雪華に、焔がくつくつと笑って頬にのる前髪をすくった。性器は解放されたものの指はいまだ後ろに埋まったままで、焔は人差し指と中指をゆっくり開く。

「だ、駄目……中、拡げるなっ……」

香油を塗り込んだ後孔は花のような香りを放ち、くちくちと粘着質な音を立てた。雪華の内側で指を動かしたまま、焔は片手で着流しの合わせ目を乱す。雄々《おお》しい中心は固く張りつめ、天に向かって反り返っていた。雪華はたまらず唾液を飲み下すも、はっとして視線をさまよわせる。

「い……挿れるのか？」

今さらだと思いながら焦りのあまりつい尋ねてしまった。案の定焔は呆れたように片眉を上げ、後孔から指を引き抜く。たらりと糸を引いた香油が雪華の内股に線を描いた。

「雪華だけ良い思いをして終わりだと思ったのかよ？」

「違う、そうじゃなくて、」

慌ててかぶりを振った雪華は、真っ赤に染まった顔を隠すように直垂を引き寄せた。襟元に当たる部分に額を寄せ、深い呼吸を繰り返して必死に心を落ち着ける。

「発作を起こしたわけでもないのに、私を抱いてくれるのか……？」

口にした内容が恥ずかしくて、焔の返事を聞くのが怖くて、雪華はぎゅっと目をつむった。真っ暗な視界の中に沈黙が落ち、雪華の不安は一層大きくなる。

管狐の契約が解けると知れば、焔は喜ぶものとばかり思っていた。焔が自分を抱くのは、発作の治療以外に目的などないと考えた。それなのに焔は雪華の思惑を知って激昂《げっこう》し、雪華の衣服を剝いで執拗な愛撫で悦がらせた。弱い心は、そんな焔の言動を都合良く受け止めようとする。

（駄目だ。駄目だ駄目だ駄目だ）

せっかく統慈が背を押してくれたのに、焔を前にすれば呆気なく臆病な自分に逆戻りだ。雪華はまた真実と向き合うことから目を背けてしまう。

（期待なんかするな。愛情なんか求めるな。性欲処理でいい、同情でいい、鈴蘭の代わりで……っ）

「クソッ……！」

心の中で雪華が必死にもがく中、唐突に焔が悪態をついた。驚いて雪華がまぶたを開ければ、焔は苦しげに眉を寄せ顔を歪めている。波打つ感情を必死に抑え込むように唇を結んだ焔は、次の瞬間雪華の腰をつかみ、ぐるりと体を反転させた。

うつ伏せになった雪華の尻を上げさせ、焔は背後から一息に挿入した。ぞくぞくとした性感が背を駆け上り、吐精を伴わないまま雪華の脳を真っ白に染める。後孔が収縮し、背筋に震えが走った。

「ッ……あ……――！」

床に広がる直垂にしがみつき、雪華は唇を薄く開いて恍惚の表情を浮かべた。隙間なく埋められた内壁が歓喜して、長大な屹立《きつりつ》にいやらしく絡みつく。

「挿れただけで出さずに達して……ッ、こんなに求めてるくせに、どうして自分から欲しがらねえんだよ……！」

もどかしそうに焔は吠え、雪華の尻に力強く腰を打ちつけ始めた。肉がぶつかる乱暴な音が山小屋に響き、雪華は白い肌に黒髪を散らしてあえぎ狂う。

「ひあッ！　あっ、あぁッ、ぃ……悦いっ……ほむら、ほむらぁ……っ！」

太い雁首で浅い場所を掻き回されるのも、血管の浮いた幹で蕩ける肉壁を突き進まれるのも、切っ先を奥へ押し込めて深い部分を断続的に突かれるのも、すべてが気持ち良くて仕方なかった。発作を抑えるための治療でもなんでもなく、自分は今間違いなく焔と交わっているのだと思うと、全身を浸す幸福に溺れてしまいそうだ。

「ぁ、また……っ……ん、ん……ッ」

挿入時に感じた波が幾度となく雪華を襲い、快楽の底へと引きずり込んでいく。それは、あふれ返った霊力を引きずり出される強引な快楽と、焔によってもたらされる性の快楽が二重で身を苛む感覚に似ていた。精を溜め込んでいる分、雪華の中心はみなぎったままで、焔の律動に合わせ大きく首を揺らす。

焔の言うとおり、体の内でも外でも多くの快楽を拾う体は、すっかり淫蕩な雌に成り代わっていた。焔の雄をしゃぶり、深くまで咥え込んで、奥に精を浴びたいと願う体に。

「雪華……雪華……！」

狐の交尾のように上体を密着させ、耳許で呼吸を乱す焔が、雪華の裸を夢中で撫で回した。指の腹

が乳首をかすめ、性器を握り込むと、雪華はさらなる性感を求めて腰を振る。二人は本能に突き動かされた獣のように交わった。

（焔の顔が見たい……）

雪華がそろりと首を捻った途端、予想外の近さで焔と目が合った。息を飲む雪華に、焔も思わずといった様子で動きを止める。至近距離で絡み合う視線に、雪華の胸はとくとくと音を立てた。

焔は沈黙したのち、雪華のこめかみに唇を寄せた。そのまま上体を離し、雪華の腰をつかんで抽挿《ちゅうそう》を再開する。唇に口付けてほしいというささやかな望みは、またもや叶えられずに終わってしまう。雪華は打ち寄せる悲しみの波に気づかぬ振りをして、皺の寄った着物の上で快楽だけを追った。

絶頂を求めるように焔の動きが速まり、獲物を捕まえる狐の動きで雪華のうなじに歯を立てた。膨れ上がった欲望で秘所を抉りながら、雪華の性器をしごき立てる。

「あぅ……出るっ……ほむら、もうっ……！」

「俺も出そうだ……、はあッ……まずい、このままだと……」

声に焦りをにじませ焔が告げた。先に限界が訪れたのは雪華のほうで、深い愉悦《ゆえつ》に飲み込まれ、背をしならせて声も出せずに射精する。焔の手を白濁で汚す間にも、雪華の内壁は激しく蠕動して雄を奥へと誘い込んだ。

これ以上ないほど深くまで結合した焔は、雪華の痩身を抱き腰を震わせた。

「くっ……！」

情欲のにじむうめき声とともに、雪華の中に熱い体液がまかれた。恍惚の表情でその感覚を堪能《たんのう》する雪華は、浅い場所を突如拡げられ目をみはった。

「っあ、……な、なんだ……？」

指でも入れられたのかと思ったが、焔の腕はいまだ雪華の体を捕らえたままだ。瘤《こぶ》のような部位は雪華の内側で膨らむ。困惑する雪華に、焔は長いため息をこぼし首筋に顔を埋めた。

「興奮し過ぎて亀頭球が出ちまった……これじゃしばらく抜けねえな」

狐には交尾の際に精液が漏れないよう、雌の中で膨らんで栓の代わりを務める亀頭球という部位があった。人型を取る妖狐の場合、理性が飛ぶほど情事に溺れない限り出現しないはずなのだが。

（私との行為で昂ってくれたのか……？）

己の下腹に手を当て、焔が埋まる場所を撫でれば、雪華の内側がまた肉杭を締めつけてしまう。すぐそばで焔が息を飲むのが分かり、己のはしたなさに雪華は赤面した。

「なんだよ、まだ足りなかったか？」

「ち、ちが、違う。これはっ……」

「亀頭球がしぼむまで動けねえからさ。雪華の中を濡らし終えるまで、手だけで我慢してくれよ？」

耳の裏に唇を寄せ、焔はおかしそうに笑い声をこぼした。汗ばんだ肌を再び手のひらが這い、雪華もこりずに与えられる刺激をすべて性感に変えてしまう。終わりのない愉悦がいっそ恐ろしかった。

「言っただろ。雪華は俺のものだ」

震える体を焔が抱いて、ひそめた声で告げる。

「どこへも行くな。ただずっと、俺の隣にいてくれればそれでいい」

甘い執心に絡め取られ、雪華はその美しい狐から逃れられない。焔の尾が雪華の腿《もも》に巻きつき、繋がった箇所から白い体液がじわりとあふれ出た。

夢を見ていた。

白金の尾を揺らして逃げる焔を追いかけ、雪華は八尾の屋敷を駆けた。縁側に出れば、中庭に陽光が差し桜の花びらが舞い散る。

奥座敷では母が畳の上に正座し、たわむれる雪華たちに穏やかなまなざしを向けていた。少し前を走る焔の背や、視界に映る雪華の手は小さく、幼少期の夢なのだろうとうかがえる。

着流しの腰で揺れる尻尾は、いくら腕をのばしてもすんでのところで雪華の手をすり抜けてしまう。障子戸を開けた焔にならい雪華も廊下へ飛び出せば、そばに立つ父の脚にぶつかった。父は尻餅をついた雪華の前にしゃがみ込むと、脇の下に手を差し込んで立たせ、目尻に皺を寄せて表情をゆるめる。

『元気なのは良いことだが、転んで怪我をするなよ』

父の言葉にこくりとうなずいて、雪華は改めて廊下を見回した。すっかり遅れを取ってしまったが、ふさふさした狐の尾が突き当たりにある奥座敷へ入っていくのが目に留まる。雪華は口角を上げ、慌ただしい足取りでその部屋へ向かった。はやる気持ちを抑えきれず、やや乱暴に障子戸を開ける。

奥座敷の中央に座っていたのは、白無垢を身につけた鈴蘭だった。幼い焔の姿はどこにもなく、十六歳の鈴蘭が畳の上で膝を折り、綿帽子の下から雪華を見上げる。いつの間にか雪華も十四歳の姿になっていた。

『良かった。ちょうど今お義母《かあ》さんに雪華を呼びに行ってもらってたのよ』

安堵した様子で微笑む鈴蘭は、後ろにある鏡台から紅皿と小筆を取り出した。それを雪華に差し出し鈴蘭は小首を傾げる。

『口紅を塗ってほしいの。雪華は丁寧だから、細かい作業も得意でしょう？　わたしが塗ったら絶対にはみ出ちゃう』

義母である焔の母に塗ってもらえばいいのでは……と不思議に思い、そういえば実際に化粧道具を渡された際も同じように考えたのだったと思い出した。これはただの夢ではない。焔と鈴蘭が祝言を挙げる直前、実際に経験した出来事だ。

鈴蘭の前に腰を下ろした雪華は、言われるがまま紅皿と小筆を受け取った。鈴蘭も居住まいを正し、膝の上で手を重ね雪華を見つめる。深く息を吸い込んだ雪華は、筆に紅を取り鈴蘭の唇へ引いていく。

『ねえ、雪華。わたしと焔が夫婦になったからって、なにかが変わるわけじゃないのよ』

紅を足そうと唇から毛先を離すと、途端に鈴蘭は口を開いた。せっかく塗った口紅がよれてしまうと注意したいのに、言葉は喉の奥につかえて出てこない。

あの日鈴蘭に言われた台詞はすべて覚えているのに、自分がなにを話したのか雪華はまるで記憶になかった。数日前に焔への想いを自覚してしまっただけに、その妻になる鈴蘭に対し、どんな態度を取るべきか分からなかったのかもしれない。

『あなたと焔の関係はこれからも変わらない。あなたの管狐にわたしが加わるだけ』

　慎重に言葉を選びながら、鈴蘭はあのとき雪華に言い聞かせていた。小さな子供に伝えるような平易な言葉の裏に、もしかしたら大切な意図があったのではないかと今なら思う。

　十四歳の雪華はそこまで気を配る余裕もなく、ただ目の前の花嫁に圧倒されていた。白の打掛と綿帽子に身を包む鈴蘭があまりに清らかで美しく、どうしてこの狐の夫に恋などしてしまったのかと打ちひしがれた。叶うはずなどないのにと。

　雪華の胸の内など知らない鈴蘭は、まなじりの上がった猫のような目に、凜とした光を宿した。

『これからはわたしも家族として、雪華を守るからね』

　鈴蘭。せめてあの日の君に、「綺麗だ」と素直に伝えていれば良かった。


　唇にやわらかなものが触れる感覚で雪華の意識は引き戻された。わずかに身じろいだのち、雪華はゆっくりとまぶたを上げる。

　床に敷いた直垂の上で、雪華は仰向けに横たわっていた。長い情事で散々体液にまみれたはずだが、雪華が眠っている間に焔が清めてくれたのか、体に不快感はない。長襦袢を身につけた体にはインバネスコートがかけられ、その持ち主は雪華に背を向ける形ですぐ横にあぐらを掻いていた。

「世話を焼かせてしまった……」

着流しの背を見つめてぽつりと漏らせば、山高帽の上に並ぶ狐耳が震え、焔が肩越しに振り返る。

雪華に向けられる目に、情事のときに燃やしていた憤りはない。安らいだ表情でこちらに手をのばした焔は、雪華の頰にするりと指をすべらせる。

「雪華には無茶させたからな。体の具合はどうだ？　また狐の姿になってのせていくから、動けるようになったら教えてくれよ」

与えられる言葉は優しく、注がれるまなざしは慈しみに満ちていた。なんのわだかまりもなかった幼少期と同じ顔で、焔は温和な微笑みを見せる。

（……どうして、）

短い問いはいつもであれば、胸の奥底に降り積もる澱《おり》の一部となり、重たい蓋に閉じ込められるはずだった。けれどそのたった一つが、もう幾度となく飲み込んだはずの問いが、見ない振りをし続けてきた感情の山を唐突に崩した。

一筋の涙が雪華の目尻からこぼれる。目を見開く焔の前で、雪華もまた呆然とつぶやいた。

「どうして私なんかに優しくする？」

声に出したらもう駄目だった。抱え込んだ気持ちが胸の中で急激に膨れ上がり、あっという間に雪華の視界をうるませる。こらえる間もなく大粒の涙がぼろぼろとあふれた。制御できない感情が身の内を奔流となって暴れ回り、雪華は子供のように顔を歪め、身も世もなく泣き始める。

「どうしてもっと手ひどく扱ってくれない？　どうして私を気づかう？　鈴蘭を死なせた私など、焔に優しくしてもらう資格はないのに……っ」

涙でぐしゃぐしゃの顔を手の甲で隠し、雪華は無様《ぶざま》にしゃくり上げた。父に対し萎縮してばかりだった八尾の屋敷で、焔の優しさに何度救われたか分からない。だからこそ焔から憎まれる立場となったあとに、幼少期と同じ穏やかなまなざしを向けられるのが苦しかった。

「わ、私は焔みたいに賢くないから、優しくされれば期待してしまう……！　こんな私でも、いつか……」

焔に愛してもらえるのではないか、と。

捨て鉢になって漏らしかけた本音を、雪華はすんでのところで飲み込んだ。それだけは決して口にしてはいけないと、嫉妬に苦しみながらも鈴蘭を姉のように慕っていた自分が歯止めをかける。言葉にするまでもなく、雪華が抱き続ける恋情など、とうに焔は察しているのだろうが。

焔の、色香のにじむまなじりが好きだ。穏やかに上がる口角が好きだ。繊細な仕草で自分に触れる指も、夕陽を浴びて輝く尾も、耳も、決して離さないとばかりに雪華の体に食い込む腕も、すべてを雪華は愛している。

性欲処理でいいなんて嘘だ。疑似家族で、鈴蘭の代わりで構わないなんてとんだ虚言だ。本当はずっと自分を見てほしかった。焔の愛情だけをひたすらに求めていた。

にじんだ視界の中で、焔は返事に窮《きゅう》し途方に暮れる。それが分かるからまた悲しみが込み上げて、雪華は勢い良く上体を起こす。体にかかるコートをつかむと、激情に任せて焔に突き返した。

「焔は私を憎んでいるんだろう？　だから私を呪ったんだろう……!?　私が悶え苦しむ様を一番近くで見られるように」

真実を知るのは苦しくてつらい。それでも面と向かって問いただしたのは、焔に否定してほしかったからだ。雪華を呪ったのは俺じゃないと言ってほしかった。雪華を蝕む呪詛が、焔の憎しみの証ではないと分かれば、焔の優しさをそのまま受け入れられる。

熱いしずくで頬を濡らしながら睨む雪華に、焔は長い間口を閉ざした。不用意な反応を示すまいと、顔の筋肉のすべてに神経をとがらせる焔からは、どんな感情も察することができない。

やがて焔の胸が微かに上下した。慎重な呼吸ののちに一度目を伏せる。山高帽に手を置いてつばで目許を隠し、焔は床に手をついて腰を上げた。すらりとのびた長身を足元からたどり、ようやくその表情をうかがい見た雪華は鋭く息を飲む。

雪華を見下ろす焔は、六年前と同じ顔をしていた。本心を徹底的に覆い隠した、狡猾な狐の冷酷なまなざしに、雪華の背筋は凍りつく。

「そうだよ。雪華を呪ったのは俺だ」

ゾッとするほど冷ややかな声で焔は答えた。雪華を一瞥《いちべつ》すると、つまらない話でも聞いたかのように浅く息を落とし、突き返されたコートを受け取る。裾をひらめかせながら、焔は優雅な仕草でコートを身にまとった。

「いいじゃねえか。面倒くせえことは考えず、そばにいりゃァ。俺を失えばお前は一生発作に怯えることになる」

ぞんざいに言い放つ焔に、雪華はもうどんな反論もできなかった。雪華に背を向けた焔は、ひらりと手を振って小屋の入口へ向かう。

「外で待ってるから、身支度が終わったら出てこいよ」

労りもなにもない自分本位な調子で言って、焔は呆気なく雪華から離れていった。木戸の向こうに焔が消え、雪華だけが小屋の中に残される。

痛いほどの静寂の中、雪華は固まっていた腕をようやく下ろした。体全体が鉛のように重い。もはや悲しみも苦しみも認識できず、雪華の胸に広がるのは深い虚無だった。涙だけが止まることなく雪華の頬を濡らし続ける。

（私が……間違えたのか？）

焔に呪われた事実と、焔から与えられる優しさという矛盾を抱えながら、素知らぬ顔で表面的な幸福を受け取り続ければ良かったのだろうか。真実なんて問うべきではなかったということなのか。

（……いや。そんなのはもう限界だった）

焔と志之輔の三人で行く旅路の温かさを知った以上、本意の見えない狐に翻弄される日々にはもう戻れなかった。遅かれ早かれ同じ事態になっていたと、雪華は両手で頭を抱える。

甘い言葉で誘惑し、優しい笑顔で雪華を惹きつけるくせに、こちらが手をのばせば途端に冷たく叩き落とす。だからといって離れることも許されない苦しみに、雪華は一人うなだれ、夕刻の山小屋で嗚咽を漏らし続けた。

ほっそりと痩せた月が夜闇に浮かぶ。

就寝準備を始めた子供たちのため、雪華は宿坊の一室に薄い布団を敷き、それぞれの寝床に夜着を準備していた。火鉢で部屋を暖めるうちに廊下から楽しげな声が聞こえてくる。雪華は胸のざわめきを落ち着かせるように深く息を吸い込んだ。

「雪華しゃま、ただいま戻りまちた！」

木戸が開き厠へ行っていた子供たちが帰ると、最後尾の志之輔が元気良く右手を上げた。雪華はわずかに口角を上げ、志之輔の前に膝をついて腰を落とす。

「おかえり、志之輔。ちゃんと手は洗ってきたか？」

「はい！　焔しゃまに抱っこしてもらって、お水でじゃぶじゃぶーってしまちた」

「本当だ。手が冷たいな」

小さな手を手のひらで包むと、志之輔がくすぐったそうに顔をほころばせた。雪華も目を細めるが、続いてやって来た影に気づくと途端に表情を固める。

「早く火鉢のそばで温まれよ、志之輔。もうすぐ三月っつっても山の夜はまだまだ冷えるぜ」

入口で立ち止まる志之輔の頭にぽんと手を置き、焔が部屋の奥へ行くよう促した。焔の顔がこちらへ向くのを察し、雪華は慌てて床に視線を落とす。

「統慈サン、急遽《きゅうきょ》相談に来たお客が泣きながら身の上話を始めたから、まだ宿坊には戻れないとよ」

「そ……うか。大変だな」

焔に話しかけられても、雪華はつたない返答しかできなかった。雪華のよそよそしさを焔が問いただすこともなく、すぐ横を通り抜け志之輔とともに寝室へ入っていく。子供たちに囲まれ、べったりと脚に絡まれる焔を見つめて、雪華は長いため息とともに肩を落とした。

想いを告げた日以降、雪華は焔とまともに話すことすらできなくなった。以前はどんな風に焔の前で笑顔を見せ、どんな風に声をかけたのかまるで思い出せない。志之輔が心配しないよう子供たちの前では多少なりとも会話をしたが、ぎこちないやりとりにしかならなかった。

あの日の出来事を思い出すと胸がつまり、じくじくと膿《う》むような痛みを覚えた。意識をそらすべく寺の掃除や統慈の手伝いに集中しても、気づけば作業の手が止まりぼんやりと宙を眺めている。

『雪華を呪ったのは俺だ』

突きつけられた言葉と、雪華を見下ろす焔の冷ややかな目。それらが頭の中によみがえるたび、雪華の心は何度でも奈落の底へ突き落とされた。

鎮守社の前で揉めたのをきっかけに明らかに様子がおかしくなった二人を、統慈も気にかけてくれた。それでもとても話す気になれず、雪華は一人塞ぎ込む。

（こんな冷えきった関係になってしまって、一体どうすればいいんだ。管狐の契約を解くことを焔が望まない以上、化け狸を祓い終えたらまた焔との旅が始まるのに）

そのとき自分たちの関係はどうなっているのだろう。数日後の未来がまるで想像できず、雪華は暗い面持ちで嘆息した。

だが新月が近づくことを考えれば、内に秘めた悲しみにばかり囚われてもいられなかった。志之輔がその後狸に侵食された様子はない。このままうまく化け狸を祓えればいいが、焔との関係がぎくしゃくする中、順調にことが運ぶのか不安だった。

腰を上げた雪華は、子供たちと団子状態で火鉢を囲む志之輔へ近寄った。ひょこひょこと髪の跳ねる頭に手を置けば、左右に並ぶ狸耳がわずかに揺れる。

「今日もお祈りをするぞ。狸の耳と尻尾がなくなるまで、もう少しの辛抱だからな」

やわらかい声音で諭す雪華に、志之輔が大きな目を瞬かせた。志之輔は丸みを帯びた長い尾に触れ、無言で何度か撫でたのち、「分かりまちた」と答える。その笑顔が少しばかり寂しげに見えた理由が、雪華には理解できなかった。

子供たちが寝静まったあとに戻ってきた統慈に、就寝の挨拶をして雪華と焔は戸締まりを済ませた。子供たちが眠る部屋に戻ると、志之輔の隣に延べた床に就《つ》き行灯の火を消す。

眠り込んでどれくらい経っただろうか。しんと静まり返った宿坊で、雪華は頬をかすめる冷気に目を覚ました。いやに冷えるな、と薄くまぶたを開ければ、木戸の隙間から暁《あかつき》の空が見える。わずかに扉が開いているらしい。

（眠る前にはきちんと閉めたはずなのに）

寝ぼけまなこで雪華が上体を起こすと、他の子供たちはそろっているのに、すぐ隣にいるはずの志之輔が姿を消していた。反対隣を見れば、なにも知らず寝息を立てる焔の姿がある。不安に駆られ、雪華は思わず焔を揺り起こした。

「焔、焔」

「んん……？」

「志之輔がいないんだ」

朝課《ちょうか》に励む統慈ならまだしも、子供はまだ寝ている時間だ。ましてや志之輔は朝に弱く、普段は何度も声がけしてようやく起きてくるというのに。

雪華の言葉に焔はすぐに目を覚まし、もぬけの殻《から》となった布団に目をやる。雪華は急いで直垂と袴を身につけ、焔は着流し姿のまま外へ出た。まだ薄暗い空の下を本堂のほうへ駆ける。

石段の前では統慈が掃き掃除をしていた。雪華たちに気づくと統慈は驚いた様子で眉を上げる。

「おや、随分お早いですね」

「志之輔を見ませんでしたか？　起きたら部屋からいなくなっていたんです」

「えっ？」

雪華の言葉に統慈は細い目を見開いた。三人は手分けして志之輔を捜し始める。雪華が境内を見て回り、焔が山へ入って臭いを嗅ぎ、統慈が鎮守社まで足をのばした。けれどどんなに捜しても志之輔は見つからず、講堂の前に再び集まった三人はいよいよ焦りをつのらせる。

「なんで俺の鼻でも匂いを追えねえんだ？　もう山を降りて村まで行ったってことか？」

焔は混乱を露わに歯噛みした。統慈にも見つからずに石段を使って村へ行くなど、一体何時に起床すれば可能となるのか。志之輔の足取りについて手がかりが得られないことに、雪華はどうすればいいのか分からず途方に暮れた。

「え、あれ？　待ってください。あの後ろ姿……志之輔くんじゃありませんか？」

焦燥に駆られる雪華と焔のそばで、統慈が石段のほうを指差した。見れば最上段にちょこんと座る影があり、その後ろ姿には狸の耳と尾が確認できる。

「嘘だろ、ずっと境内にいたってことかよ？　じゃあどうして俺の鼻が反応しねえんだ？」

不可解な流れに焔はますます困惑するが、雪華は安堵のあまり全身から力が抜け、深く考える余裕もなかった。

「とにかく、無事で良かった……」

寒風にさらされた小さな体を今すぐ抱きしめてやりたい。その一心で、雪華は小走りで志之輔のもとへ向かった。

「どこへ行っていたんだ、志之輔。みんな心配していたんだぞ」

薄明の空は黒から青へ移り変わり、裾だけを明るい橙《だいだい》に染めた。肌を撫でる空気は朝露で湿り、霜のおりた地面を草履で踏みしめるたび、ザクザクと固い音を立てる。

雪華が怒っているのは声からも分かるだろうに、志之輔はのんびりと尾を振ったまま動こうとしない。叱られて落ち込むにしてはしゃんと背がのびていて、雪華の呼び声よりも違うものに意識を奪われているのがうかがえた。

「志之輔？」

怪訝そうな声でもう一度名を呼んだ雪華は、あと数歩で志之輔にたどり着こうというところで、ふいに足を止めた。宙に突き出された志之輔の手の上で、なにかがきらきらと輝いている。薄暗がりの中で目を凝らせば、それは旅の途中で佳乃がくれた月長石だと分かった。

「月長石は、お月さまの光を浴びると元気になる石です」

志之輔のほがらかな声が夜明け前の境内に響いた。だけど雪華は言い知れぬ違和感を覚える。月長石についての知識など、志之輔は一体いつ仕入れたのだろう。

不穏な気配は焔や統慈にも伝わったようで、周囲に困惑と緊迫した空気が走った。

「だから志之輔は毎日、お月さまの光を浴びさせてあげました。いっぱい力をつけられるように」

雪華たちの混乱を他所に、志之輔はすっくと立ち上がりなおも続けた。美しく光を放つ月長石を握りしめる様に、雪華はようやく違和感の正体に気づく。いかにも幼児のものらしい口調だが、志之輔特有の舌足らずなしゃべり方ではない。

「……お前は誰だ？」

強い口調で問いただす雪華に、志之輔の姿をしたそいつはおもむろに振り返った。志之輔の顔で、志之輔の体で、奴は満足げに口角を上げる。

「残念。新月には間に合いませんでしたね」

大人びた口調で告げた志之輔は、次の瞬間足元から白煙を噴いた。一瞬にして視界が白く染まり、雪華は後方に飛びのいて距離を取る。煙が引いたのちに姿を見せたのは、熊ほどもある体軀の化け狸だった。

「やられた……！　あのクソ狸、志之輔の体を一気に乗っ取るために、月長石を使って月光の力を溜めてやがったのか！」

雪華の隣で身構える焔が声に苛立ちをにじませた。志之輔がどうして月長石に固執《こしつ》したのか、廣尊寺へ繋がる石段を上る際に誰と会話をしていたのか、雪華はようやくすべてを悟る。志之輔はずっと聞いていたのだ。志之輔を手なずけ、頭の中で指示を出すこずるい化け狸の声を。

「焔！」

「分かってるって！」

斜め後ろに声をかければ、焔はたちまち狐の姿となった。雪華の前に出た焔は、白い歯をのぞかせて大きな化け狸に飛びかかる。豊かな毛をたくわえた灰褐色の胸ぐらに噛みつくが、化け狸が身を震わせた途端、バチッという音とともに焔の口許が鋭く光った。

稲妻《いなずま》のような光に焔がたまらず後退した。化け狸が攻撃を仕かけるたびに雷鳴がとどろき、焔の足元に稲妻が走る。それを焔はすばやい身のこなしで避けるが、時折後足や胴をかすめられ短い悲鳴があがった。志之輔本人の安否も分からない中、決定的な攻撃を加えられないもどかしさに、雪華は必死で考えを巡らせる。

（もし化け狸の中に志之輔の自我が捕らえられているのだとしたら、なんとかして志之輔を傷つけない形で焔の炎を使わなくては）

雪華は顔の前で両手を合わせ、大急ぎで霊力を練り上げた。横目でそれを確認した焔は、化け狸が雪華に背を向けるようさりげなく誘導する。

霊視を始めた雪華は、動き回る化け狸に懸命に意識を集中させた。やがて、化け狸の腹の中で胎児のように丸くなっている志之輔を見つけた。もぞもぞと身じろいで寝息を立てる志之輔から目を離さぬまま、雪華は声を張り上げる。

「焔、志之輔は化け狸の腹にいる！　腹以外を狙って炎を浴びせろ！」

契約主の命令に、管狐は化け狸の雷を避けつつ上機嫌に犬歯をのぞかせた。着地したと同時に前足の下から灼熱の炎を噴き出し、再び化け狸に突撃する。高熱を放つ前足で化け狸の横っ面を蹴り飛ばせば、化け狸は『ギャンッ！』と鳴いて地面を転げ回った。

焔の攻撃は二度三度と繰り返され、そのたびに化け狸はのた打ち回った。志之輔を囚われているせいで、強力な炎で全身を焼き尽くすことはできないものの、加減した一撃でも十分な破壊力を持つ。

（当たり前だ、相手は焔だぞ。神に仕えられるほど高い霊格の妖狐なのだから、本来ならば並大抵の妖怪など相手にならない）

形勢が逆転し、雪華は沸き立つような興奮を覚え固く拳を握った。腹以外の部位を炎であぶられ、火を消そうと暴れ狂う化け狸は、全身のあらゆる部位に火傷と擦り傷を負う。

荒い呼吸音を漏らし、化け狸は丸い背を震わせた。鼻面に皺を寄せ憎々しげに焔をねめつける。仁王立ちした雪華は、口の両脇に手を添え、すやすや眠る志之輔に向かって声を張り上げた。

「志之輔！　もう起きる時間だぞ！」

毎朝の台詞を口にすれば、志之輔がピクリと肩を揺らす。途端に化け狸が目を見開き、警戒するように毛を逆立てた。

（志之輔に私の声が届いている）

雪華は確信し、なおも志之輔に話しかける。

「今日の朝食は志之輔の好きなさつまいもの味噌汁だ！　起きないなら私が食べてしまうからな！」

とにかく志之輔の気を引こうと、雪華は必死に言葉を並べた。化け狸の腹の中で、志之輔は眉間と顎に皺を寄せ、くしゃっと顔を歪める。仰向けになった志之輔が目を擦れば、化け狸の足先が煙のように揺らめいた。

（眠らされている志之輔を起こすことができれば、化け狸を再び抑え込める……！）

確かな手応えを感じ、雪華はさらに志之輔の名を呼ぼうとした。すかさず視線をよこした化け狸が、邪魔だとばかりに雪華に吠える。稲妻に似た光が雪華を狙って地面を駆けた。

　雷が目前にせまる中、雪華の前に白金の管狐が割り込んだ。大きな雷鳴とともに光が焔に直撃する。狐の毛は端々が焦げ、焔は全身をビリビリと震わせた。

「だ、大丈夫か……っ!?」

『気にすんな。こんなの、朝飯を食い終わる間もなく消えちまう程度の怪我だ』

　慌てふためく雪華を他所に、焔はけろっとした様子で体を左右に振った、本人の言葉どおり、全身を覆う毛はたちまち艶を取り戻していく。

　せっかく月長石を使って志之輔の体を乗っ取ろうとしたのに、雪華たちに勘づかれた挙句《あげく》、志之輔を傷つけずに攻撃する方法まで知られてしまった。おまけに、焔の攻撃を受ければ恐ろしい速度で霊力を削られるのに、自分がどんなに暴れようと焔の傷はすぐに癒えてしまう。まったくもって思いどおりに進まない目論見《もくろみ》に、化け狸の苛立ちは頂点に達した。

　月に向かって咆哮《ほうこう》した化け狸は、冬の雀《すずめ》みたいにムクムクと身を膨らませた。眼球を赤く染めた化け狸の全身が、一回りも二回りも肥大化する。開け放った口からは唾液とともに禍々《まがまが》しい臭気が漏れ、化け狸が怨恨の念に身を任せ、理性を捨て去ったことがうかがえた。

　猪《いのしし》を思わせる動作で土を掻き、化け狸は地を蹴って駆け出した。ただの突進かと思いきや、化け狸は焔の四本足目がけ、口から泥のような濁った液体を吐き出す。

　粘着質な黒い体液に足を絡め取られ、焔の意識がそれた隙を狙い、化け狸は牙を剥いて襲いかかった。焔の首元に化け狸が噛みつき、それを焔が蹴り飛ばして、けれどまたすぐに化け狸が焔にのしかかる。上下を何度も入れ替えながら二匹は地面を転がった。

腹を見せて倒れる焔の上にのり、化け狸が大きく口を開けた。ドボッ、という水音がして、化け狸の喉奥から漆黒の液体があふれる。滝のように吐き出されたそれは、焔が頭を振って暴れる間にも白金の毛を濁った色に染めていく。

「焔から離れろッ」

慌てて駆け出した雪華は、なりふり構わず化け狸に体当たりした。うまく足元に当たり、化け狸が横倒しになる中、雪華はすぐさま焔のそばへしゃがみ込んだ。焔は仰向けに転がったまま折り曲げた足を痙攣させている。目は焦点が合わず、ハッ、ハッと浅い息づかいが漏れ聞こえた。

「一体なにをかけられ……っ」

黒い液体を拭いさろうと手をのばした雪華は、よく知った臭いが鼻腔をかすめることに気づく。自分の内側からではなく、目の前で苦しむ焔からただようのは、湿った土や木を彷彿《ほうふつ》とさせる臭気だ。人外の存在が——妖怪の呪いが放つ臭い。

『逃げろ、せっ、か……』

焔のかすれ声が頭の中に響いた。焔の耳と尾が黒く染まっていく。焔の胸に両手を重ねた雪華は、さらに霊力を練り呪詛を清めようとした。

けれど侵食は治まらず、焔の体はみるみるうちに膨れ上がった。すがる雪華を振り落とした焔は、講堂の屋根に届く巨軀に変わる。両目は爛々《らんらん》と赤く光り、管狐の象徴である綱は炎をまとった。憎々しげに口許を歪める様は、常に冷静だった焔とはほど遠い。

（鈴蘭と同じだ………）

化け狸の呪詛に飲まれた焔は、自我を奪われ悪狐と化してしまった。

焔の巨体の後ろでは、もとの姿に戻った化け狸が至極ご満悦といった様子で鼻を鳴らす。けれどすぐさま振り返った焔は、巨大な前足で躊躇なく化け狸を張り倒した。

真横になぎ倒された化け狸は混乱した様子で身を起こすが、間を置かず炎を浴び、尾を焦がしながら必死で避けた。焔をあやつって雪華を仕留めるつもりが、いざ悪狐と化した焔はとても手に負える存在ではなかったのだろう。焔と化け狸の戦いを、雪華は為す術なく見ているしかない。

「やめろ！　志之輔が腹の中にいるんだぞ！」

雪華の叫びも焔には届かなかった。痛めつけられた化け狸は霊力の大半を失い、普通の狸と変わらない大きさになる。足元をふらつかせる化け狸に、焔が容赦なく前足を振り上げた。張り手を食らった化け狸は、猫にもてあそばれるネズミのように宙を舞う。その姿が気を失う志之輔に変わった。

「志之輔!!」

大声で名を呼び雪華は全速力で駆けた。統慈も反対側から走ってきて、両腕をのばして志之輔を受け止めようとする。だがどちらも間に合いそうにない。地面に叩きつけられる志之輔を想像し、雪華の顔から血の気が引いた。

だが今まさに地面にぶつかるというところで、志之輔が突然小さな化け狸に変化した。化け狸は鞠のように全身を丸くし、受け身を取って転がる。そのせいで化け狸は今度こそ霊力を使い果たし、志之輔に体を明け渡して気絶した。すかさず統慈が志之輔を抱き起こす。

「大丈夫です！　気絶していますが、脈も呼吸もきちんとあります」

講堂のそばから飛んできた声に雪華は胸を撫で下ろした。その途端、背後に不気味な気配を感じ、雪華は髪を乱して振り返る。同時に爪の生えた前足が飛んできて、雪華を真横に弾き飛ばした。

地面と水平に飛ばされた雪華は、本堂の壁に激しく背を打ちつける。

「うぐっ……！」

壁伝いに地面に落ち、雪華は脇腹に手を当て体を丸めた。逃げなくては、と懸命に身を起こすが、近寄った焔に再度前足で弾かれる。境内の中央に転がる雪華は、大の字で天を仰ぎ胸を上下させた。

ひどい打ち身で全身が燃えるように熱を放つ。散々霊力を練ったせいで、心臓をつかまれるような胸痛にまで襲われていた。怪我と発作で身動きが取れない雪華へと、焔がおもむろに近づいてくる。

（私には焔の呪詛を祓いきれる力もない。……もはやこれまでか）

己の生涯が幕を閉じるのを覚悟し、雪華は細く息を吐き出した。ちらりと講堂の脇に目をやれば、統慈が志之輔を体の下に隠してうずくまり、震える手を合わせ懸命に念仏を唱えているのが見えた。

視界いっぱいに開けた空を眺めれば、東から差す陽が明るい色の絨毯《じゅうたん》を広げ始めている。早朝の空気を深く吸い込み、雪華は一度まぶたを伏せた。

沈黙の末、再び天を見た雪華は、地面に擦れて血がにじむ手のひらに右の親指を押し当てた。左手で胸元を大きく開くと、血を墨代わりに、露出した肌に親指で複雑な紋を描いていく。

（私が命を落とすのは構わない。だけど志之輔と統慈殿は、寺の子供たちや村人たちは、誰一人として犠牲になってはいけない）

雪華が胸に描いた紋は、己の体を牢にし、魂を錠に代えて、対峙する相手ごと呪詛を封印するものだ。自分の力ではどうにもならないときのためにと、生涯使わないことを前提に父から教わった禁術で、雪華の命が奪われた瞬間に発動する仕組みになっている。

焔を道連れにし、地獄へ堕ちると雪華は決めた。

重たい足音を響かせ焔がせまる。自我を失い、悪狐と成り果ててもなお、雪華にとって焔は美しい管狐のままだ。どんなに憎まれ、呪われても、焔への恋情を捨てられなかったのと同じように。

「大丈夫。志之輔は私が守るよ」

昼寝をする子のそばで話すみたいに雪華は囁いた。焔には迷惑をかけどおしだったが、我が子のように可愛がった志之輔を守って逝《い》けたなら、あの世で少しは褒めてもらえるだろうか。そんな、死を目前にした人間とは思えないほどのどかな心境に、雪華は愉快な気分になって口許をほころばせる。

二十二年の人生は波乱に満ちていて、つらい場面も悲しい出来事もたくさんあった。けれど最期の瞬間に頭に浮かぶのは、楽しかった思い出ばかりだ。

稲荷神へ捧げるための饅頭《まんじゅう》を焔と二人でこっそり食べてしまい、大目玉を食らったこと。修行を重ねてもちっとも呪術が上達せず、落ち込む雪華の背を焔が無言で撫でてくれたこと。

屋敷で過ごしたときの記憶ばかりでなく、旅の途中で雪華が熱を出せば焔が夜どおし看病してくれたことや、焔と志之輔がゆらゆらと尾を振りながら風呂に入る様子に笑ってしまったことも、大切な記憶として雪華の中に残っていた。

鈴蘭を死なせておきながら生き残ってしまった自分に、ひどく腹を立て葛藤《かっとう》したときもあった。けれどたとえ呪いという罰を背負いながらでも、焔の隣で生きてこられて良かったと、今ならば思う。

――誰がなんと言おうと、俺は雪華のそばを離れたりしねえよ。

焔の台詞が記憶の彼方でよみがえる。

すぐそばまでやってきた巨大な狐は、雪華に鼻先を寄せ、初めて相まみえるかのように匂いを嗅いだ。もう雪華が誰なのかも認識できないのかもしれない。音もなく顔を上げた焔は、とどめを刺すべく右の前足を持ち上げる。高熱を放って赤く染まる前足を見つめ、雪華はおもむろに両腕を広げた。

憎しみも苦しみも、愛しい相手から与えられるものならすべて受け止めようと、雪華は穏やかな心地で微笑んだ。焔の頭上には燃えるような朝焼けが広がって、雪華が愛した狐の毛を煌々《こうこう》と輝かせる。

「焔の契約主として、この先もずっとずっと一緒にいる」

かつての焔の台詞をなぞり、雪華は唇でゆるやかな弧を描いた。

理性の消え去った焔の爪が振り下ろされる。だが鋭い爪が裂いたのは、雪華の体ではなかった。

『ギィイヤアァァアァ！』

焔の胸から鮮血がほとばしったかと思うと、けたたましい絶叫が境内に響き渡った。眼前で繰り広げられた光景に雪華の頭はまるでついていけず、血飛沫を噴いて真横に倒れる巨軀を呆然と眺めた。

上体を起こして確認すれば、焔はあっという間に見慣れた管狐の姿に変わり、それから普段隣を歩く人型へ戻った。無意識のうちに雪華を守ろうとした焔はとっさに爪の方向を変え、自らの胸を裂く激痛で正気を取り戻し、己の身を侵す呪詛を強引に祓ったようだ。

悪夢のような光景にようやく現実味が伴って、雪華は発作の痛みも忘れ弾かれたように駆け出した。焔の肩を押して仰向けにさせると、着流しの胸元はおびただしい量の血がにじみ、黒く変色している。

少し触れただけで真っ赤に染まった手のひらを、雪華は呆然と見つめた。そのそばで、脂汗を浮かべた焔がへらっと軽薄な笑みを浮かべる。

「あー……はは、ざまあねえなァ。夫婦そろって同じ死に様とは」

己にせまる死を語る焔に、雪華の中で凍りついたまま出てこなかった言葉がようやく湧き上がってきた。

「なにを、やって……どうしてこんな怪我まで負って私をかばった⁉」

焔一人が先立つのと、自我をなくした焔とともに二人でこの世を去るのとでは訳が違う。とにかく血を止めなくてはと、雪華は上衣を脱いで焔の胸に押し当てた。しかしみるみるうちに手も直垂も赤く染まり、止血どころか妖狐としての治癒力ですら追いついていないと察せられる。

「鈴蘭もこうやって死んだんだ。雪華だけは助けようと、悪狐になっても必死に自分の胸を裂いて」

「ベラベラしゃべってないで、傷口を塞ぐことに集中しろ！」

「雪華は覚えてねえだろうなァ。頭を強く打って気絶してたし」

雪華の焦りなどどこ吹く風で、焔はなつかしい思い出でも語るようにのんびりと続ける。なんのことだと考えて、そういえば六年前、鈴蘭が致命傷を負った場面をきちんと目にしていないことに気づいた。自分がどうして悪狐と化した鈴蘭に殺されなかったのかも。

焔が咳き込めば、体の内側から漏れた血が口の端からこぼれる。なにもかもが一緒だと思った。鈴蘭を亡くしたときとすべてが重なる。恐怖で色を失う雪華に、焔は唇を震わせて言った。

「よく聞け、雪華。俺が死んだら、志之輔と一緒に廣尊寺で静かに暮らせ。霊力は極力使わないようにして、それでも万が一発作が起きたら、そのときは鎮守神に助けを乞え」

あの稲荷神の力は本物だからな、と焔は肩を上下させつつ続けた。

「俺が死んでも雪華の呪いは解けない。雪華の体を蝕むのは、俺じゃなく鈴蘭の呪いだからだ」

その告白はあまりに突然で、雪華は教えられた内容がちっとも飲み込めず、薄く唇を開けたまま言葉をなくした。雪華たちの頭上を、カラスがのんきな鳴き声をあげながら飛んでいく。

「呪詛に飲まれた鈴蘭は、悪狐となって雪華を呪った。死ぬ直前になって一時的に理性を取り戻したが、完全に呪詛を祓いきることはできなくて、自分が命を落としたあとに怨霊と化すのは目に見えていた。……だから鈴蘭は、最期に俺に頼んだんだ」

助けて、と。

六年前に聞いた鈴蘭の声が重苦しい記憶とともによみがえる。鈴蘭は死に怯え、必死に焔へ助けを求めたのだと思っていた。だけどそれは間違いで、実際には雪華が聞き漏らした言葉があった。

――雪華を助けて。

鈴蘭の台詞も、涙の理由も、そうと分かれば意味合いが大きく変わった。器にそぐわぬ霊力が雪華の胸を刺すが、発作の苦しみよりも真実を知った衝撃の大きさに身を貫かれる。

「俺の炎で焼き尽くせるかと思ったんだけどな……。金狐を依り代にした呪詛は予想以上に強力で、発作の程度を軽くするので精一杯だった」

その言葉に、自分を呪ったと思った焔の一撃こそが、自分を救うための行動だったのだと雪華は悟った。契約主を陵辱する以外にも、攻撃もまた霊力を奪うための立派な反逆行為となる。

自分が認識していたものとはかけ離れた真実に、雪華は呆然とした。問いただしたいことはたくさんあるのに、頭の中でひしめく言葉はうまくまとまらず、どれから口にすればいいのか分からない。

「……それならどうして、焔の呪いだなどと嘘をついた」

単純な問いを投げかければ、焔は困ったように眉を下げた。

「鈴蘭が成仏もできず、怨霊となって自分を呪い続けてると知って、お前、生きていけたか？」

焔の指摘に雪華はなにも言い返せなかった。怨霊と化した魂は宿主を恨むだけの存在となり、誰かに祓われたとしても、輪廻転生の輪には組み込まれず消滅する。自分のせいで死した鈴蘭が、安らかな眠りにもつけずにいると知れば、罪悪感に捕らわれる雪華はとても正気ではいられなかっただろう。

鈴蘭の願いも、焔の嘘も、二匹の管狐の行いは全部――……。

「全部……私のためじゃないか……」

つぶやくと同時に視界がうるんで、熱い涙が頬を濡らした。抑えきれない気持ちがしずくとなって袴の上に円を描く。

「泣くなよ、雪華」

切なげに眉を寄せる焔の、苦笑を浮かべた唇が徐々に白くなっていく。重たげに右手を上げた焔は、雪華の頬に手のひらを当て、親指の腹でそっと皮膚をなぞった。

「奥方様が亡くなったときにたくさん泣いたから、もう泣かないって言ってただろ……？」

幼少期の会話を引っ張り出して揶揄する焔の、その声音は弱くかすれていた。胸に負った深い傷が、流れ出る血が、確実に焔の霊力を奪い取る。

心の奥底で白波を立てる感情は、より一層昂って雪華の胸を掻き乱した。眉間に深い皺を刻んだ雪華は、大粒の涙を落とし声を荒げる。

「焔を失うと知ってどうやったら泣かずにいられる!?　私を生かすために嘘をついたなら、どうして一人で先に逝こうとする!?　焔は私のすべてなのに……っ！」

焔にすがり、雪華は涙でぐしゃぐしゃの顔で慟哭《どうこく》した。獣特有の焔の高い体温が、今は恐ろしいほど低下している。

「好きだ……、好きだ、焔……っ。焔がいなくては生きていけない……！」

ずっと伝えたかった。だけど、伝えることは許されないとも思っていた雪華の恋情。それをこんな風に、今にも肉体を離れてしまいそうな魂を引き留めるために口にするなんて思ってもみなかった。

黒髪を血に濡らしてみっともなく泣きじゃくる雪華の背を、焔は優しく撫でてなだめる。

「ごめんな。でもどうしても、雪華だけは守りたかった」

温かくて優しい声が耳をくすぐり、長い指が雪華の肩をつついた。促されるまま顔を上げれば、焔は目許にほのかな熱を灯して、雪華のうなじに手を移動させる。弱々しく引き寄せられ、雪華は困惑したまま焔に顔を近づけた。

「俺も、雪華だけが俺のすべてだったから」

鼻先がぶつかりそうな距離で焔は囁いた。濁りのない金茶の虹彩を、雪華は美しいと思った。肩からこぼれた黒髪が焔の顔の横へ落ちる。

焔の肩へ手をのせる格好で、雪華は生涯たった一人愛した男と唇を重ねた。

「愛してる、雪華。雪華がいなけりゃ、俺も今まで生きてこられなかった」

吐息が混ざり合う位置で、焔は切なげに告げた。ようやく遂げられた想いにまた涙腺《るいせん》がゆるみそうになり、雪華はぐっと奥歯を噛みしめる。感情に任せて泣き喚《わめ》きたい気持ちを振り捨て、鳩尾に力を入れた。地面に手をつき、勢い良く焔から体を離す。

「私が何年焔を想い続けたと思ってるんだ!?　散々悩ませたくせに言い逃げしようなど、そんなの決して許さないからな！」

怒りを露わに言い放った雪華は、血でべたつく髪を掻き上げ、焔の着物をまさぐった。帯の下の合わせ目に手を突っ込むと、萎えた性器を取り出す。ぎょっとする焔の前で、雪華はそれを口に含んだ。

「えっ」という声が、講堂の前にいる統慈からあがる。

「ちょっ……なにしてんだよ！」

焔は動転し声を裏返らせた。呪詛の影響で雪華の体内では霊力があふれ返っている。反対に、焔は霊力が不足し傷を治癒することができない。だとしたら、「陵辱」による反逆行為で焔が雪華の霊力を奪えば……体を繋げることで焔に力を分け与えられれば、助かる見込みはあるのではないか。

顔だけ起こした焔に、雪華は必死に性器を舐めしゃぶりながら睨みをきかせた。

「うるさい。少しでも気力が残ってるなら全力で勃たせろ」

「た……たねえよ！　死にかけてんのにそんな気になるか！」

「死にかけてるならなおさらだ。獣は自分の命が危機に瀕《ひん》すると、生存本能が働いて子を成そうとすると聞く。お前だって狐だろう、ちょっとは根性を見せろ！」

無茶苦茶な主張をしているという自覚はあった。それでも大事な者が死にゆく中で、手をこまねくのはもう御免だった。常識外れでもいい、誰に見られていても構わない。焔を助けるためならどんな些細な可能性にもすがりたかった。

焔の中心にようやく半分ほど芯が通ると、雪華は慌ただしい手つきで袴を脱ぎ捨て、焔の上にまたがった。馴らしもしないまま後孔にあてがい、先端を無理やり押し込む。

強引な行為は互いに痛みしか感じず、焔は眉を寄せ顔を歪めた。ピリッとした感覚が蕾へ走り、雪華も思わず眉をひそめた。根元に添えた指を生温かい液体が伝う。

「馬鹿。無理やりしたせいで血が出てんだろ」

傷ついてまで体を拓く雪華に、さすがの焔も苦言を呈した。雪華の太股に手を置いて結合を解くよう促すが、雪華はいやいやと首を横に振る。

「血が出るくらいでちょうどいい。管狐が契約主の力を奪うには、反逆行為が必要だろう？」

痛みに顔を引きつらせながら雪華が告げれば、焔はようやくその意図を悟った。驚愕に目を見開く焔の前で、雪華は必死に腰を落とし半分ほど体内へ埋める。焔の体の横に手をついて息を吐き、痛苦に折れそうになる心を必死に奮い立たせた。

「私のすべてをくれてやる。心も、体も、霊力も命も魂も一つ残らず。今までだってそうしてきたんだ。焔にならなにを与えても、奪われても構わないと思っていた。今まで散々奔放な振る舞いをしてきたくせに、最後だけ急にしおらしい態度を取るんじゃない」

雪華はこめかみに汗を浮かべ、啞然とする焔に向かってまくし立てた。揺るぎない意思は焔にもきちんと伝わって、混乱ばかりが浮かんでいた双眸に新たな光が宿る。運命に身を任せて諦めるのではなく、醜くもがいてでもともに生きることを選ぶ光。

太股に置かれた手を取り、雪華はそれを自分の頰に当てた。自らも頰を擦り寄せれば、目の裏側が熱くなり再び涙がこぼれる。

「焔は私だけの管狐だろう……？」

気丈に振る舞いたかったのに、この期に及んで声が震えた。焔はにじみ出る感情を噛みしめるように唇を結び、頼りなげな雪華の肩に腕を回す。抱き寄せられて上体が密着し、重なる場所から焔の鼓動が伝わってきた。

「ああ。そのとおりだ」

力強い返事が、不安に揺らぐ心を支えてくれる。幼い頃から、臆病な雪華の背を押すのはいつだって焔だった。

雪華が顔を傾ければ、焔が後頭部に手を置いた。互いの存在を確かめるように唇を触れ合わせる。長襦袢の胸元へ手を差し入れた焔は、雪華の肌に手のひらを当て、口付けの合間に宣言した。

「――これより反逆を以て主の力を我が物とする」

発動させることなく終わった封印の紋の上に、焔が残した四本指の獣の足跡が赤黒く浮かび上がる。六年前、雪華を救うべく焔が必死の思いで呪詛を抑えようとした証。

東から白んだ光が差し込み、雪華と焔を包んでいく。新しい一日を告げる朝日に追い払われ、長く続いた夜が今、終わろうとしていた。

廣尊寺が建つ山の麓に下りれば、週に数回立つ市に、様々な行商人がやって来ている。統慈に頼まれた用事を足しに村を訪れた雪華は、荷車を引く雑貨売りに声をかけた。志之輔への土産《みやげ》になる物でもないかと品物を物色する。

ふいに人の気配を感じて振り返れば、すぐ後ろに年若い男が三人並んでいた。正面を向けた雪華に三人はそわそわと落ち着かない様子を示す。「先に話しかけろよ」「そっちこそ」と互いに小突き合いながら、男たちはにこやかに口を開いた。

「よお、佐保姫。また会えて嬉しいよ」

「今日は買い物か？　この間の男は一緒じゃないのか？」

「もし良かったら今日こそ村の案内を……」

照れくさそうに誘いの言葉を述べる男たちは、なにかに気づいて視線を上げ、不自然に身動きを止めた。雪華が首を捻ると同時に、斜め後ろから現れた人影が、流れるように隣に身をすべり込ませる。所有欲を露わに雪華の腰を抱くのは、白金の髪から色香のにじむ垂れ目をのぞかせる、山高帽の男だった。

「いやいや、悪いねェ。ちょうど帰るところだったんだ。またの機会があったら、そのときは是非とも俺にも案内を頼むよ」

いっそ白々しさを感じるほどに愛想良く、焔は完璧な笑顔で応対した。しかし帽子の上で前方に傾く狐耳が、焔の隠しきれない威嚇心を示している。もっとも、焔の正体を知らずとも、笑顔の裏で燃え上がる憤りは男たちに十分伝わったようだが。

　身震いする男たちを捨て置き、焔は雪華を連れて足早に人の輪を抜け出した。腰から手を離したと思ったら、指を絡め合わせるようにして互いの手を繋ぐ。

「……虫除けか？」

　雪華は目だけを上向け、照れくささに頬を染めつつ尋ねた。焔が面白くなさそうにうなずく。

「そーそー。あークソ、腹が立つ。雪華に色目を使いやがって」

「なにもされていないぞ？　本当にただの親切心だったのかもしれない」

「んなわけあるか。雪華が生まれてから今まで、寄ってくる虫たちを俺がどんな気持ちで追い払ってきたと思ってんだ。雪華に下心を持つ奴なんか顔を見りゃ一発で分かんだよ」

　少し前まで雪華への恋情を隠していたとは思えないほど、焔は積極的に執心を吐露した。雪華は口許に手を添えクスクスと笑い声を漏らす。焔は決まりが悪そうに横目で雪華を見て、「笑いごとじゃねえんだよ」とぼやいた。

　化け狸騒動が起こってから二週間が経った。人目もはばからず体を拓いた甲斐があり、雪華から霊力を得た焔は、致命傷となる深い傷を塞ぎ一命を取り留めた。とはいえすぐに動き回れるほどは回復せず、廣尊寺の鎮守神の加護を得て療養し、最近になってようやく通常の状態まで持ち直した。

　集落を抜け、周囲から人の気配が消えても焔は手を離さなかった。雪華もまた心地好い体温に捕らわれたまま焔との散歩を楽しむ。「たまにはお二人でゆっくりしてらしてください」と笑顔で送り出してくれた統慈に感謝しなければならない。

　しかしいざ山道に入ろうとしたところで、焔が突然足を止めた。

「廣尊寺に帰るの、少し遅くなってもいいだろ？　ちょっと寄りたいところがあんだよ」

「……？　ああ、別に構わない」

　不思議に思いつつ了承すれば、焔は周囲に人がいないか確認したのち、狐の姿に身を変えた。連れて行くから背中にのれということらしい。

　焔にまたがった雪華は、縁切稲荷が祀られる鎮守社へ運ばれた。人型に戻った焔は慣れた様子で鳥居をくぐり、鎮守社の前に立って形ばかり手を合わせる。雪華も訳が分からないまま拝礼した。

「前に話してた場所、ちょっとばかし使わせてもらうぜ」

　神様相手にしては随分気楽な口調で告げ、焔は雪華の手を引いて御神木へ向かった。焔は木肌に手を触れなにかを唱える。その横顔を眺めていた雪華は、瞬きの直後、自分たちが見知らぬ座敷に立っていることに気づき仰天した。

「えっ、な、なんだここは？」

　書院造の十畳の部屋は、青々とした畳床が敷きつめられ、鴨居《かもい》や長押《なげし》に使われている檜《ひのき》から心地好い香りが湧き立った。格子に鶴と亀の装飾が施された書院障子に、水仙を中心とした生花が飾られた床の間。背後にある障子戸からはやわらかな日差しが注ぎ、木の影が映り込んでゆらゆらと揺れていた。反対側は襖だが、上部に欄間があることから、押し入れではなく隣にもう一室があるのだろうかがえる。一般的な座敷ではあるものの、室内に満ちる空気は神聖なもので、人知を超えた空間だと肌で感じた。

「稲荷神に怪我を治してもらってるときに、雪華と二人きりでゆっくり話せる場所が欲しいってこぼしたら、ここを使っていいって言ってくれてさ。お言葉に甘えて拝借することにした」

目を白黒させて辺りを見回す雪華に焔が説明した。その内容に雪華はますます動転する。

「だとしたらここは神の領域ということか？　いつの間にそれほど稲荷神と親しくなったんだ」

「俺が御神木の上に登ったときから？　ほら、雪華が俺との契約を解こうとして一悶着《ひともんちゃく》あっただろ。御神木を尻の下に敷くなんて愉快な奴だって笑われて、それから妙に気に入ってくれてんだよ」

「……下手をすれば祟られていたじゃないか」

「変わりもんなんだよ、ここの神様」

奔放な者同士気が合ったようだが、稲荷神にも臆せず会話できる度量がなければ、間違いなく逆鱗《げきりん》に触れていただろう。この自由気ままな管狐が、高い霊格を持つことを雪華は改めて実感する。

「自分の眷属にならないかって何度も誘われた。面倒くさいから手下は置かない主義だが、お前なら従えてやってもいいってよ」

するりと雪華の手を離し、焔は勝手知ったる顔で部屋の中央に進んだ。管狐の契約を解こうとした雪華に焔は激怒したが、鎮守神と親しくなったことで気が変わってしまったのだろうか。なにせ縁切りが得意な神様なので、焔が望めば雪華から引き剝がすことなど造作もないだろう。

「焔はその申し出になんと答えたんだ……？」

ためらいがちに尋ねる雪華に、振り返った焔は破顔した。

「そんな不安そうな顔すんなよ、断ったに決まってんだろ？　雪華が俺のすべてだって言ったじゃねえか」

一体誰のせいで不安になったと思っているんだ、ともやもやした気持ちを隠さず雪華が唇をとがらせれば、焔は肩を震わせて笑った。手のひらの上で転がされるくやしさに、雪華は焔に近寄り腰に腕を回す。肩口に額を寄せ、焔の長身に身を寄せた。

「十四歳の私が告白じみた言葉を口にしたとき、焔は一度拒絶しただろう。山小屋で私を抱いたあとも、恐ろしく冷たく私を突き放したじゃないか」

雪華は腕に力を込めてぎゅっと抱きつき、拗ねた声を漏らした。焔も苦笑とともに雪華の体を抱き返す。

「ごめん。八尾の屋敷にいた頃は……俺もまだ幼かったから。俺の一方的な想いならまだしも、種族が違う相手に恋慕することに、雪華を巻き込むのはまずいと思ったんだ」

焔の指が肩に食い込み、体が深く密着した。名高い呪術師一家の跡取りという雪華の立場を思って、焔は世間一般の常識に照らし合わせ、二人の関係を変化させないことに決めたという。

「まあ、鈴蘭には呆気なくバレたんだけどな。女ってのは恐ろしく察しの良い生き物だ」

「鈴蘭が？」

予想外の名に驚いて顔を上げれば、焔は眉を下げてうなずいた。

「祝言の前夜に声をかけられて、雪華となにかあったんだろうと問いつめられた。俺と雪華が互いにどんな想いを抱いてるかを指摘されて、さすがの俺も絶句したな」

けれど焔の心がどこにあるかを確かめても、鈴蘭が妬みや嫉《そね》みを示すことはなかった。それどころか、雪華への恋情を抱えながら自分と夫婦になる焔に、鈴蘭は気っ風《ぷ》の良い笑顔を見せた。

『夫婦ってのは家族でしょう？　あんたが雪華に向ける気持ちとは違うけど、わたしも雪華が大好き。雪華と三人で、わたしたちだけの家族の形を作りましょ』

鈴蘭の弾けるような笑顔と、迷いのない声音が脳裏に浮かぶようだった。雪華が目頭を熱くすれば、焔がそっと頬に手を寄せまぶたの上に口付ける。

「けど後悔した。雪華になにも打ち明けず、管狐として雪華と生涯一緒にいるために、しきたりに従って鈴蘭と夫婦になったことを。……鈴蘭を巻き込んだことを」

雪華と額を合わせた焔は、声を低くしてつぶやいた。焔がなにを悔いているのかは雪華にも痛いほど分かる。雪華の想いに素直に応えていたら、しきたりなど無視して誰とも婚姻を結ばずにいたら、鈴蘭を救えたのではないか。

もしも自分が失敗しなければ、もしも呪術師の道を早々に辞していたらと、雪華も仮定の話を頭の中に繰り広げ一人苦しんだから。

「大人になってからの拒絶は、俺自身への罰だ。自分の頭で考えずに、世間の目だの常識がどうだので判断して雪華の想いを拒んだ結果、二度と俺は本心を伝えられなくなっちまった」

どんなに雪華を愛していても、その気持ちを告げれば「それならなぜ自分を呪ったのか」と問われるだろう。そうなれば、鈴蘭の末路を告げないわけにはいかなくなる。鈴蘭が怨霊と化し、いまだあの世ともこの世ともつかない場所をただよい続けていると知れば、雪華はきっと正常な心を保てない。

報われない恋に雪華が苦しむ中、焔もまた、自分の本心と雪華を守りたいという気持ちの狭間で葛藤していた。

「俺だけが口をつぐんでいればいいんだと思ってた。雪華への気持ちを地獄まで持って行けば万事解決するって。……でもそんなの、俺の驕《おご》りだったな」

雪華の頬を両手で包んだ焔は、わずかに身を離し雪華の表情をうかがった。艶めいた金茶の目には自分だけが映されている。決して届かないと思っていた気持ちが実を結び、鮮やかな花を咲かせたのだと思うと、傷を負い続けた胸がこの上ない充足感で満たされていく。

泣き出す手前のような顔で笑んだ焔は、まぶしいものでも見るみたいに目をすがめた。

「好きだよ、雪華。生まれてからずっと、俺はお前だけを愛してる」

いつも余裕にあふれていた声がかすれ、真摯《しんし》な想いを伝えてくる。込み上げる切なさと喜びに、雪華は左目から一筋の涙をこぼした。焔の唇がしっとりと重なり、熱のこもった口付けがかわされる。

「私も焔が好きだ」

ついばみの合間に囁けば、焔は押し寄せる感情を持て余すように顔を歪めた。右手で雪華の腰を抱いて引き寄せ、左手を顎に添えると、熱情をにじませて雪華の唇を奪う。やわらかな感触を味わうように何度も食み、音を立てて吸いついて、やがて我慢ならなくなった様子で舌を差し入れてきた。

恋仲としての焔との口付けは、想像の何倍も甘く雪華を溶かした。ぬめった舌が口腔を動き回り、敏感な粘膜を擦り上げる。慣れない刺激に戸惑い、萎縮していた舌まで絡め取られれば、唇だけで情をかわすような興奮が込み上げた。

「ぁ……あふ、っ……ん、んっ」

必死に応える雪華の顎を、長い指が悪戯っぽくくすぐった。指先は顔の輪郭をたどり耳朶をかすめる。小鳥がじゃれるような口付けと、貪られるような接吻を繰り返され、雪華は早々に足に力が入らなくなった。砕けそうになる腰を焔が支え、ぐっと引き寄せられた拍子に互いの下肢がぶつかる。

「あっ……」

中心がみなぎっているのは二人とも同じで、雪華は切なく眉を寄せた。直垂に手をのばしすばやく胸紐を解く焔に、雪華は慌てて身をよじる。

「だ、だめ……」

「どうして？」

耳に触れた唇は熱く、劣情を隠しもしない。荒い吐息が耳朶に絡む感覚にすら煽《あお》られ、雪華は下肢がドクドクと脈打つのを感じた。

「稲荷神様の領域で不埒《ふらち》な行為を働いて、怒りに触れるようなことがあったら困る……」

本当はもう、焔に触れてほしくて仕方なかった。昂る欲望から精を吐き出し、後ろを拓いて焔の雄で貫いてほしいと、全身が訴えている。それでもなけなしの理性を掻き集めて弱々しく抵抗すれば、焔が微かに笑い声を漏らした。

「俺がどんな目的でここに雪華を連れて来たかなんて、最初から知られてると思うけどなァ」

そう言うと焔はあっさり体を離し、雪華の手を引いて隣室へ向かった。同じ造りの部屋の中央には二組の布団が敷かれている。絹織物で包まれた純白の綿布団は富裕層しか使用できないような代物で、畳の中央にぴたりと身を寄せるそれに、雪華は全身が沸騰しそうになった。

「稲荷神からの許可は下りてるけど、どうする？」

横から抱き寄せて頬に口付け、雪華の反応を楽しむように焔は尋ねた。雪華の答えなど分かりきっているくせに、相変わらずずるい狐だ。だけど自分の願いを飲み込まず、すべて伝えてもいいのだと思うと雪華も嬉しかった。

焔の体にもたれた雪華は、肩に頬を擦り寄せ胸にそっと手を置いた。なめらかな黒髪を背に伝わせ、焔へとしなだれかかる。

「抱いてくれ」

抑えきれない色欲で息を濡らし、雪華は囁いた。

「私は焔のものだと、全身で教えてほしい」

羞恥にまぶたを伏せながらも素直にねだれば、すぐさま焔に抱きすくめられた。痛いほどに食い込む腕は自分への執心を示すようで、息苦しさよりも期待に胸が高鳴る。

「普段はなにも望まないように頑ななくらい気を張ってるくせに、雪華がそうやってたまに甘えてくるの、心臓がもたなくて困る」

調子を乱された様子の焔は、雪華を連れて焦れたように布団へ向かった。雪華を仰向けに押し倒すと、焔の頭から山高帽が落ちる。畳を転がるそれを目で追えば、焔の両手が頬を包み視線を戻された。

「俺だけ見てろよ」

雪華を見下ろす双眸は、焦燥と欲望が混ざる力強い炎を灯していた。余裕なんて少しもない、自分だけを求めて濡れる瞳に、雪華もまた震えるほど興奮する。首に腕を回せば焔からもきつく抱き返され、互いに引き寄せられるように唇を繋げた。

焔の舌がぬるぬると雪華の口腔を犯し、雪華も口端から唾液を伝わせながら夢中で焔を求めた。雪華の体に手のひらを這わせた焔は、欲望をにじませるせわしない動作で体中を撫で回す。直垂の上から背筋をたどり、腰を通って前に移動させ、腹から胸までをまさぐった。

雪華も焔の胸元へ手をかけ、コートのボタンを慌ただしく外した。脱がし、脱がされ、二人とも白い長襦袢一枚となる。いつの間にか組紐がほどけ、布団に雪華の黒髪が広がった。

腰紐を解こうとする焔の手を制止し、雪華は緩慢な動きで自ら紐をゆるめた。長襦袢の合わせ目に手をかけ、ゆっくりと前を開けば、白い肌が露わになる。

きめの細かい皮膚に、胸の上で期待にとがる桃色の乳首、薄いしげみと、その中心で上向き先走りを浮かべる性器。雪華の裸の線をなぞるように焔の瞳が動き、昂った体を視線で撫でられる興奮に、雪華もたまらず喉を鳴らした。

「やらしいな」

短い言葉で嬲《なぶ》られ、雪華はひどく欲情する。

「もっと言って」

頬に手をのばしてねだれば、焔は雪華の手首をつかみ、華奢な指を口に含んだ。舌を絡めて擦られ、口腔の粘膜に出入りさせながら音を立てて舐めしゃぶる。

「やらしくて綺麗だ、雪華。俺が育てた、俺のための体だ」

中指に軽く歯を立てながら焔は告げた。低い声が振動となり噛まれたところから伝わって、その刺激に雪華は陶酔する。焔を受け入れるために雌になった体は、どこもかしこも性感帯と化し、与えられる刺激をすべて快楽に変えた。

「うんっ……わ、たしは、焔のものだっ……」

上擦った声で答えた雪華は、焔の口から指を引き抜くと、唾液をまとうそれを己の胸へ運んだ。小さな乳首を指先で自ら転がせば、焔の体液で濡れた粒はぷくりと膨れ、淡い性感を生み出す。

熱い頬を布団につけて横目でうかがえば、白金の狐耳を立てたその男は、ぎらつく目で雪華の痴態を凝視していた。布団と腰の間に腕を差し込まれたと思ったら、強い力で抱き寄せられる。雪華の胸に顔を伏せた焔は、乳輪ごと突起に吸いつき舌先でこね回した。歯を立てられ、花の蜜を吸うようにしゃぶられて、雪華はたまらず焔の腹に腰を押しつける。

「あっ、ぁ、いいっ……きもちい、ほむらっ」

「可愛い……。無垢で、いやらしい、俺だけの可愛い雪華」

胸の上で睦言《むつごと》を漏らす焔は、互いの間を隔てる薄い布地すらもどかしいとばかりに、自分の長襦袢を乱暴に脱ぎ捨てた。均整の取れた美しい体は雄の色香をただよわせ、互いに一糸まとわぬ姿で抱き合えば、筋肉の隆起を一つ残らず肌で味わえる。

焔もまた雪華の裸を堪能している様子で、汗ばんだ首筋に荒い息をかけながら下肢を重ねた。いつしか互いに腰を擦り合わせ、勃起した中心をぶつけ合う形となる。飽きずに唇を合わせ舌を嬲られれば、焔と口付けをかわせる歓喜も相まってたまらなく昂った。

「んっ、あ、出る……も、出ちゃうっ……」

ねっとりと舌を絡め取られ、雪華は唇を震わせて訴えた。幾度となく焔と身を繋げたが、こんなに早く達したことはない。

「一緒に出そうな。俺も一回落ち着かないと、今のままだと興奮し過ぎてまた亀頭球が出ちまう」

耳のすぐそばで声が聞こえ、腹の間に焔の手が差し込まれた。大きな手で二本の雄を握り込まれ、互いの中心がより密着する。裏筋が擦れ合う快感だけでなく、幹全体に強い刺激が加わって、ガクガクと腰を揺さぶられるたびに下腹が燃え上がった。

「あっ、あ、出したい、出して、いいか……っ？」

「もうちょっと……ッ」

「ん、うぅっ……だめ、出ちゃう、ほむら……まだっ、まだだめか……？」

全身で焔を感じる悦びに、触れた箇所がひどく敏感になって、込み上げる射精感をやり過ごすのに苦労した。ようやく焔から許可が下りる頃には、雪華は目尻に涙を浮かべていた。

「焔……ほむらぁ……っ」

焔の首に腕を絡めて抱きつき、雪華は内股を痙攣させて吐精した。焔もまた根元から自身をしごき、雪華の上で身を震わせる。雪華の腹に二人分の白濁がこぼれた。

目許に口付けて焔はわずかに体を離した。その拍子に中心が雪華の腹を擦る。あれ、と思って視線を落とせば、精を吐いたにもかかわらず焔の性器はいまだ熱くたぎっていた。

「亀頭球、出さずに済みそうか？」

思わず雪華が笑い声を漏らせば、焔は気恥ずかしさからか狐耳を後ろに伏せた。

「自信はねえな」

正直な返答に雪華はまた笑ってしまう。互いに額を合わせると、布団の上に和やかな空気が流れた。

「後ろ、触って平気か？　この間裂けてただろ」

焔に霊力を分け与えるため、雪華が自ら体を拓いたときのことを言っているのだろう。雪華はぱちぱちと瞬き、自分の上にいる男を見上げた。

「抱くつもりでここへ連れて来たんだろう？」

「そうだけど、でも、雪華につらい思いをさせたいわけじゃねえんだよ。怪我だってさせたし、……それに、たくさん傷つけてきたから」

気まずそうな台詞の後半は身体的なことを言っているのではないらしい。一度達しただけでは治まらない熱情を抱えながら、焔はあくまで雪華を優先する。飄々とした狐の仮面で本心を隠しながら、この優しい男だってきっと深く傷ついてきたのだ。

「俺は雪華に優しくしたい」

ぽつりとこぼれた言葉の温かさが、雪華の心を包んでいく。

「焔が優しくなかったことなんてないだろう？」

じわじわと込み上げる愛しさに、雪華は相好《そうごう》を崩した。頭を上げて焔の頬に唇を寄せると、腹にのった精液を自分の指にまとわせる。それを後ろへ回し蕾に差し入れた。

「んっ……」

体内に異物が入る心許なさに眉を寄せれば、焔が目を丸くする。雪華は苦笑とともに首を傾けた。

「焔に触ってもらうと気持ちがいいのに、自分ではなかなか難しいものだな」

「雪華」

「怪我ならもう治っている。心のほうは……そうだな。私も焔と向き合うことから逃げてきたから、お互い様ということでいいんじゃないか」

雪華は無意識にこわばる体を落ち着けようと長い息をこぼし、「やはり一人でなんとかしようとするのは良くないな」と後孔から指を引き抜いた。焔の背に腕を回し、頭を上げて首筋に頬を寄せる。自ら焔に甘え、裸の体を触れ合わせた。

「優しくしてくれるんだろう？　手伝ってくれ」

雪華の控えめな懇願に、焔が唾液を飲み込むのが分かった。

「敵《かな》わねえな、俺のご主人には」

どこか困ったような調子で、それでも嬉しそうに焔は言った。雪華の肩に手を置き体を離すと、吐き出した精液を蕾に塗り込む。待ち望んだ指が襞《ひだ》に触れると、そこは悦んで焔を受け入れた。長い指は慎重に内壁を探り、根元まで埋めると今度はゆっくり引き抜かれた。何度だって拓かれているのに、焔はまるで初めて雪華を抱くかのように丁寧に後孔をほぐしていく。感じる部分を優しく擦って、蕾がほころんでひくつけば指の数を増やし、太さに馴らすようにまた丹念に肉を掻いた。

心を砕いてもらえることを嬉しく思う反面、淫靡な後孔は太い杭で埋めてほしいと妖しくうごめいた。相反する心と体に翻弄され、なめらかな絹の上で膝を立てた雪華は、足に力が入らず何度も踵《かかと》をすべらせる。いつの間にか性器は力を取り戻し、二度目の解放を求めぴくぴくと震えた。

三本の指が引き抜かれる頃には、雪華はもう息も絶え絶えになっていた。

「挿れるぞ」

劣情のにじむ声が降ってきて、返事をする間もなく蕾に屹立があてがわれた。すぐにでも奥を突いてほしいのに、ここでもやはり焔は慎重で、気が遠くなるほど時間をかけてゆっくり腰を進める。少しずつ肉壁を拡げられるにつれ、雪華は浅い場所にあった性感が、奥へと押し込まれるような感覚を抱いた。

　長大な欲望がようやく最奥へたどり着き、臀部に焔の骨盤が触れた。すべて埋まった、と緊張を解きかけたとき、唐突に焔が雪華の太股を持ち上げた。胸につくくらい脚を深く曲げさせられれば、恥部をすべてさらす体勢となる。混乱する雪華などお構いなしに焔はより深く雄を突き刺した。

「あっ、……ぁ……ッあ……？」

　強烈な快感が押し寄せたと思ったら、意識する間もなく頭の中で弾けた。目の前にちかちかと光が散り、気づけば雪華は新たな精を腹にまいていた。

「今までで一番深く入ったな」

　まだ大して動いてもいないのに、焔の顎からは汗がしたたる。経験したことのない絶頂に雪華が惑乱する中、焔はおもむろに腰を揺らし始めた。山小屋で繋がったときのようにめちゃくちゃに抱くわけではなく、一突き一突きをじっくり味わうように体を前後させる。

「あ、っひ……ぁう、あっ……」

　雪華は敷布にしがみつき、全身を震わせながら意味を成さない嬌声をこぼした。焔の硬い欲望が奥を穿《うが》つたび、濃密な快楽が押し寄せて雪華を飲み込む。じゅぷじゅぷと淫猥な水音を漏らして抜き刺しされる自分の体を、熟れ過ぎた果実のようだ、と雪華は思った。芳香をまき散らして獣を誘い、鋭い牙で表皮を破られるたび、濃厚な果汁をしたたらせる。

「もうずっと出しっぱなしだな」

大きく腰を揺らして雪華の中を掻く焔が、唇で薄い弧を描いた。焦点の定まらない目で下腹を見れば、雪華の中心は抽挿のたびに少量の白濁を漏らし続けている。羞恥すら身を煽る種となり、終わりのない愉悦に雪華はすすり泣いた。こめかみを伝うしずくを焔が舌先で舐め取る。

「俺のものだ、雪華」

切っ先で秘所をぐりぐりと抉り、焔は欲に濡れた声を漏らした。

「髪の毛一本たりとも、他の奴になんか渡してたまるか」

白い布団に広がる黒髪をすくい取って口付け、焔は顔を歪めて笑んだ。絶頂をこらえる表情の、飲み込まれてしまいそうなほどの色気に、雪華はひどく酔ってめまいがした。

「奪っ、て……全部、焔だけの、ものにして……ッ」

気だるい腕を持ち上げて、雪華は己を犯す管狐の首に絡めた。引き寄せて口付けをねだれば、焔も応えて唇を合わせる。汗にまみれた体は深く抱き合うほどに皮膚がなじみ、互いの境目が分からなくなっていく。

丸くなった白金の尾が雪華の腰をくすぐった。やがて体内で雄が膨張し、雪華の最奥へ突き当たったところで焔が動きを止める。

「くッ……――!」

苦しげなうめき声が顔のすぐ横で漏れ、雪華の体内に熱がまかれた。肉を内側から押し拡げられる感覚があり、焔が亀頭球を膨らませたのを知る。雪華も枯れ果てるほど蜜を漏らした中心を震わせ、射精を伴わない絶頂に息を濡らした。

　精が尽き果てるまで奥に注がれ、一滴もこぼれないよう入口を瘤で塞がれる。白い裸体に絡んだ腕はきつく食い込み離れる気配がない。体の内と外で感じる焔の執着に雪華は打ち震えた。恐ろしいのではない、ただ嬉しかった。

　なんのためらいもなく焔の背にすがれる喜びに、雪華は目尻からまた一筋熱いしずくを流した。

　三月も半ばに近づき、北国にもようやく春が訪れた。山はいまだに雪が残るが、平地では日に日に地面が露出し、徐々に草木が芽吹き始める。格縁《ごうぶち》を美しく組み上げた格天井の講堂で、雪華は三体の仏像を背にした統慈と、正座をして向かい合う。

　講堂の正面の木戸は半分ほど開けられており、朝の清々しい空気が流れ込んでいた。そこに子供たちの明るい声が混ざり、雪華は廣尊寺で過ごした三週間について思いを馳せる。日本国中を旅してきた雪華だが、一つの地にこれほど長く滞在したのは初めてだった。

「旅立たれるのですね。新しい地へ」

　法衣姿の統慈が、落ち着いた声音で切り出した。穏やかな面差しどおりの懐《ふところ》の広さに、雪華は何度助けられたことだろう。

「日本は変革の時代に突入しました。西洋文化の影響を受けて様々な産業が生まれる一方、それにより職を失ったりつらく苦しい思いをしたりする人がいます」

　世間と交流を持たず、屋敷の中で言われるがままに人を呪っていた頃は分からなかった。世界は広く様々な考えを持つ人がいて、その人なりの正義や悪があるのだと、旅をする中で雪華は思い知らされた。

「様々な思惑が交錯すれば、そこに怨恨の念が生まれ、呪術師に頼って他人をおとしめようと考える者も現れましょう。呪いで苦しむ人間がいる限り、私は呪詛を祓い続けるつもりです」

　八尾家を離れた直後は、どうやって生きていけばいいか分からず、消去法で清祓師として歩むことを決めた。呪詛に苦しむ人を救う生業はいつしか、かつて人を呪う行為に関わった者としての贖罪《しょくざい》にもなっていた。そして今は、誰かの人生に再び光を与えることこそが、自分の生きる道筋を照らしてくれると信じている。

　雪華の宣言に、統慈も柔和な微笑みを浮かべうなずく。もう一つ報告したい話があり、雪華は深く息を吸い込んだ。

「私は鈴蘭の呪いを解こうと思います」

　その言葉に統慈がわずかに目を見開く。化け狸の一件以降、焔とともに旅をすることになった経緯を、鈴蘭の話もあわせすべて統慈に伝えていた。

「鈴蘭は死の間際まで、自分の命よりも私の身を案じてくれました。たとえ今は私を恨む怨霊になっていたとしても、私を呪ったことを悔いて泣いていてくれた鈴蘭の気持ちに、私は応えたいのです」

以前であれば、己を苛む呪詛は自分への罰と考え、消し去る方法を探ることなど考えなかった。だけど雪華のために心を砕き、支えてくれる管狐たちの存在を知れば、他ならぬ雪華が自分自身をぞんざいに扱うことなどできない。

雪華と焰の想いを知り、温かく見守ってくれた鈴蘭。雪華を想いながらも、雪華を守るために憎まれ役でいようと決めた焰。彼らのためにも、雪華は自らにかかった呪詛を祓い、強く生きていこうと思った。

予想外の話だったらしく、統慈はまじまじと雪華を見つめたのち相好を崩した。僧侶としての公平で慈悲深い微笑みとは違う、一個人の感情が動かされた表情。

「いつの間にこんなにたくましくなったのでしょう。なんだか息子の成長を見守る父親の気分です」

ほんのりとまぶたを染めて統慈はうつむき、ぐすっと小さく鼻をすする。雪華にとってもまた、慈悲深い心でみなを包む統慈は、実父よりずっと若いものの二人目の父親のような存在となっていた。

統慈は咳払いののち、背筋をのばして雪華に向き直った。

「西のほうに怨霊の呪詛に詳しい霊媒師がいると聞きます。具体的な目的地が決まっていないのであれば、ひとまずそちらへ向かってみてはいかがでしょう」

どこまでも自分を気にかけてくれる統慈に雪華は胸が熱くなった。漆塗りの床に手をそろえた雪華は、統慈に向かって深々と頭を下げた。

二人で講堂をあとにすると、境内の中央では、やわらかな春光を浴びる志之輔が子供たちに囲まれていた。みな代わる代わる志之輔の頭を撫で、最後の瞬間まで別れを惜しもうとしている。少し離れたところで、インバネスコートと山高帽姿の焔がその光景を見守っていた。

「またいつでも遊びに来てね」

「次こそはめんこ遊びしような！」

「たぬきちゃんのこと、ずっと忘れないから」

「馬鹿、もうたぬきじゃないんだって」

最年少の志之輔は寺の子供たちにとって可愛い弟分だった。中には目をうるませている子もいるが、幼い志之輔だけは元気いっぱいに、

「志之輔も、またお兄ちゃんお姉ちゃんと遊びたいでしゅる！」

と丸い頰を赤らめて答えた。赤みがかった髪を春風が軽やかに揺らしている。そこに頭を隠す手拭いはなく、狸の耳も見られない。

「まァ子狸みたいな顔してるからな。たぬきちゃんでも間違いないない気がするぜ」

相変わらずどこか気の抜けた調子で焔が答え、志之輔に近寄ると猫っ毛を撫でた。するとその言葉に反応するように、髪の間からぽこっと狸耳が生える。焔が「げっ」と顔をしかめ、志之輔のすぐ横に屈み込んだ。

「なに出てきてんだよ。お前を呼んだんじゃねえって。そもそもお前、子狸って年じゃねえだろォ？」

焔が中指で狸耳を弾いてとがめれば、今度は袴の上部からもふっと尻尾が現れた。

「おい、お前完全にからかってやがるな？　これから雪華と志之輔の三人で山を降りるんだから、人目につかないようさっさと引っ込めってんだ」

　焔が低い声を漏らして志之輔の尻を睨むも、尻尾はそっぽを向くように焔と反対側に揺れた。狐の好敵手は狸、という説からか単純に性格の問題なのか、焔と化け狸は相性がいまいち良くない。

　霊力の大半を使い果たした化け狸は、志之輔の中へ逃げ戻った。焔に呪詛を祓われたため、また実体を現わせば呪詛返りに遭い、今度こそ霊力をすべて奪い取られてしまう。時折志之輔に狸耳や尾を生やす程度の悪戯はするものの、志之輔の体を乗っ取る目論見は二度と実現できなくなった。

　すでに志之輔の魂との癒着《ゆちゃく》は解けていたので、強引に引き剝がして祓うこともできたが、誰よりも志之輔がそれを拒んだ。

『おたぬがいたから、志之輔、新しいおうちに行くのも寂しくなかったでしゅ。おたぬが悪いことしないように、志之輔がちゃんと面倒見ましゅる！』

　悩みはしたものの、一生懸命訴える志之輔にほだされ、志之輔の体に化け狸が棲《す》み着くのを許可した。悪狐となった焔に弾き飛ばされ、宙に投げ出された志之輔を、霊力を捻り出して守ったのは間違いなく化け狸だ。化け狸のほうもまた、志之輔に愛着を持っているのだろう。

　雪華たちの旅に志之輔を再び同行させると決めたのには、本人の強い希望もあるが、化け狸が万が一手のひらを返した際に対処できるように……という理由もあった。

（志之輔の魂が化け狸の侵入を拒まなかったのは、心に巣食う寂しさが原因だったに違いない）

だからこそ、志之輔が雪華と焔に心を開いてからは狸化の進行が止まったのだ。

焔と志之輔、それから化け狸のにぎやかなやりとりを見つめ、雪華は表情をゆるめる。

「おたぬ！　焔しゃまに意地悪したら、めっ！　でしゅるぞ！」

志之輔が眉尻を上げ、頭に生えた狸耳を両手で押さえた。するとたちまち狸耳は引っ込み、尻尾もしゅるしゅるとしぼんで志之輔の体に溶けていく。

「志之輔の言うことは聞くのかよ！」

焔が鋭く指摘すれば、子供たちが一斉に笑い声をあげた。雪華と統慈も肩を揺らして笑う。

「結局、志之輔の可愛さには誰も敵わないということだな」

焔たちへと近寄った雪華は、志之輔の頭を優しく撫でた。焔も腰を上げて志之輔の手を取り、雪華に顔を向ける。ゆるく弧を描いた唇に、甘くほころぶ目許。風になびく白金の髪からは、雪華だけをまっすぐに見つめる金茶の虹彩がのぞく。

その穏やかな微笑みを疑うことはもうしない。焔がどんなに自分を想い、守り続けてくれたのかを、雪華は十分に分かっているから。

淡い笑みを返した雪華は、「そろそろ出発しようか」と二人を促す。石段へ向かう三人を統慈と子供たちが見送ってくれた。

「皆様の旅路が幸多きものであるよう、お祈りしています」

統慈の言葉に深くうなずき、雪華たちは境内を出て石段に足を踏み出した。眼下には雪解けを迎えた野が広がり、遠くに連なる山の頭頂を薄ぼんやりとした雲が撫でる。淡く透ける空の下には集落が連なり、家々の間に麗らかな陽光がこぼれていた。澄んだ空気を頬に浴び、雪華は一歩ずつ石段を下りていく。

（随分遠くまで来ていたんだな。焔と一緒に）

故郷で感じた暖かな春とは異なる、まだ肌寒さの残る北国の春。それを五感で味わいながら、雪華はこの先の旅路を思った。

「次はどの地を目指そうか」

前を歩く二人に尋ねれば、焔は大きな尾を揺らして振り返る。

「西に行くんじゃなかったっけ？　さっきちらっと言ってたろ」

不思議そうに首を傾げる男の頭部で、光沢のある狐耳がひくりと震えた。生涯でたった一人愛した狐は、昔も今も、これからもずっと雪華の隣にいる。

「具体的な目的地があるわけではないからな。人々に話を聞いて情報を集めながら、のんびり進めばいい。終わりの決まっている旅ではないのだから」

涼やかな風貌に笑みをのせれば、焔は帽子の下から雪華を見上げ、機嫌良く口角を上げた。慈しみに満ちたまなざしが、なにに遮られることもなく雪華に注がれる。

一つ上の段に足を戻した焔が、直垂の袖からのぞく雪華の手をすくい取った。

「お前がいるところなら、どこへだってついていくぜ。な、ご主人？」

耳なじみの良い声を風に溶かし、焔がそっと顔を伏せた。白い指先へ落ちる口付けに、雪華は花びらがほころぶようにはにかむ。

「志之輔もついていきましゅる！」

焔と手を繋いだ志之輔が、両腕を目いっぱい空に突き上げ嬉々として告げた。新たな道へ繋がる石段の両脇では、わずかに残る雪の間から顔を出した福寿草《ふくじゅそう》が、藤黄の鮮やかな花を咲かせていた。

あとがき

初めまして。村崎樹《むらさきたつる》と申します。樹と書いて「たつる」と読む、ルビ必須の名前です。

今作「清らかな雪は白金の狐の愛にとける」は、リンクス新人賞で奨励賞をいただいたお話を大幅に改稿したもので、わたしのデビュー作となります。デビュー作には作者のすべてがつまっている、とよく耳にしますが、今作はまさに好きなものをつめ込んだ一作となりました。

クール系美人に見せかけた健気《けなげ》受け、飄々《ひょうひょう》としているのに実は執着心の強い攻め、祓い屋もの、妖怪、狐と狸、和風バトルファンタジー……。和風バトルファンタジーについては愛ゆえに暴走することもありましたが、担当編集様の的確なご指導により、迷子になりかけた原稿を正しい道へ引き戻していただきました。僧侶を登場させようと決めた際、「普通のお坊さんはバトルをしますか?」（※しません）と相談したのも良い思い出です。

改稿にあたり「作中の癒しになるように」と、十七歳の青年から五歳の子供に変更した志之輔《しのすけ》が、わたしにとってもほっと息をつける存在となりました。女性キャラを嫌な役にしない、というポリシーのもとに書いた鈴蘭《すずらん》もお気に入りです。雪華《せっか》は生真面目《きまじめ》ゆえに一人で考えすぎるし、焔《ほむら》は余裕綽々《よゆうしゃくしゃく》に見えて嫉妬深いし、完璧な人物は誰一人として登場しません。それでも読んでくださった方の心に、少しでも寄り添えるキャラクターがいたらいいなと思っています。

カズアキ先生には、素敵なイラストで拙作に華を添えていただきました。雪華は儚げで美しく、志之輔はくりくりとして愛らしく、そして焔はまさに色男といった格好良さで……！　あんな幼なじみなら雪華じゃなくても惚れてしまいます。素晴らしいイラストをどうもありがとうございました。

右も左も分からないド新人に丁寧なご助言をくださった担当編集T様、受賞を喜び応援してくれた友人たちや、校正者様やデザイナー様、書店員様といった、発売にかかわってくださったすべての方々。そしてこの本を手に取ってくださった皆様へ、心より感謝を申し上げます。

今作の書籍化が決まったのは、突然現れた未知のウイルスに誰もが怯えている頃でした。多くの人が創作物に癒しを求めているであろう状況で、「呪い」などと物々しい単語が頻出するお話をデビュー作とすることに、ためらいがなかったわけではありません。それでも今となっては、雪華が悩み苦しみながらも自分の歩みの中に新たな希望を見出したように、わたしがこのお話を書いたことにもなにか意味があるのではないかと考えています。

ご感想などいただけましたら大変嬉《うれ》しいですし、編集部へお寄せいただければ、孵《ふ》化《か》したてのひよっこの作家寿命が延びるかもしれません。ので、何卒よろしくお願いします！

二〇二一年が、皆様にとりまして新たな光の差す年となりますように。そして雪華と焔、志之輔の旅路が、実り多きものとなりますように。

二〇二〇年十二月　村崎 樹

LYNX ROMANCE

小説原稿募集

リンクスロマンスではオリジナル作品の原稿を随時募集いたします。

募集作品

リンクスロマンスの読者を対象にした商業誌未発表のオリジナル作品。
（商業誌未発表のオリジナル作品であれば、同人誌・サイト発表作も受付可）

募集要項

＜応募資格＞
年齢・性別・プロ・アマ問いません。

＜原稿枚数＞
４５文字×１７行（１枚）の縦書き原稿、２００枚以上２４０枚以内。
※印刷形式は自由。ただしＡ４用紙を使用のこと。
※手書き、感熱紙不可。
※原稿には必ずノンブル（通し番号）を入れてください。

＜応募上の注意＞
◆原稿の１枚目には、作品のタイトル、ペンネーム、住所、氏名、年齢、電話番号、メールアドレス、投稿（掲載）歴を添付してください。
◆２枚目には、作品のあらすじ（４００字～８００字程度）を添付してください。
◆未完の作品（続きものなど）、他誌との二重投稿作品は受付不可です。
◆原稿は返却いたしませんので、必要な方はコピー等の控えをお取りください。
◆１作品につき、ひとつの封筒でご応募ください。

＜採用のお知らせ＞
◆採用の場合のみ、原稿到着後6カ月以内に編集部よりご連絡いたします。
◆優れた作品は、リンクスロマンスより発行させていただきます。
原稿料は、当社既定の印税でのお支払いになります。
◆選考に関するお電話やメールでのお問い合わせはご遠慮ください。

宛先

〒151-0051
東京都渋谷区千駄ヶ谷４−９−７
株式会社　幻冬舎コミックス
「リンクスロマンス　小説原稿募集」係

この本を読んでの
ご意見・ご感想を
お寄せ下さい。

〒151-0051
東京都渋谷区千駄ヶ谷4-9-7
(株)幻冬舎コミックス　リンクス編集部
「村《むら》崎《さき》 樹《たつる》先生」係／「カズアキ先生」係

リンクス ロマンス

清らかな雪は白金の狐の愛にとける

2021年1月31日　第1刷発行

著者……………村《むら》崎《さき》 樹《たつる》
発行人…………石原正康
発行元…………株式会社　幻冬舎コミックス
〒151-0051　東京都渋谷区千駄ヶ谷4-9-7
TEL 03-5411-6431（編集）
発売元…………株式会社　幻冬舎
〒151-0051　東京都渋谷区千駄ヶ谷4-9-7
TEL 03-5411-6222（営業）
振替00120-8-767643
印刷・製本所…株式会社　光邦
検印廃止

ISBN978-4-344-84796-5 C0293
Printed in Japan

幻冬舎コミックスホームページ　https://www.gentosha-comics.net